N&K

Über sieben Jahre hinweg wächst die Freundschaft zwischen Johann und dem gleichaltrigen Ludwig. Bis wir Zwillinge sind, sagt Ludwig, denn nur so haben sie beim Ruderwettkampf im Zweier ohne Steuermann gegen die echten Zwillinge aus Potsdam eine reelle Chance. Als Johann mit Ludwigs Schwester Vera schläft, versucht er es vor Ludwig zu verbergen. Der wird immer seltsamer. Statt für den Wettkampf zu fasten, beginnt er maßlos zu fressen. Er klettert auch immer häufiger hinauf zur Brücke, von der sich manchmal nachts die Selbstmörder stürzen, die im Garten seiner Eltern landen. Schließlich wird Johann klar, dass Ludwig ihr Zwillingsgelübde bis über alle Grenzen hinaus austesten will.

Dirk Kurbjuweit, geboren 1962, arbeitet als Journalist und als Schriftsteller. Zu seinem Werk gehören zehn Romane sowie Sachbücher, Drehbücher und ein Theaterstück. Vier seiner Romane und eine Erzählung wurden verfilmt. Auf der Grundlage seines Romans »Angst« entsteht derzeit in Großbritannien eine Miniserie. Kurbjuweit ist Vater von drei Kindern und Chefredakteur des *Spiegel.*

Dirk Kurbjuweit

Zweier ohne

Die Geschichte einer
bedingungslosen Freundschaft

NAGEL UND KIMCHE

3. Auflage 2026
Ungekürzte Taschenbuchausgabe
© 2001 Verlag Nagel & Kimche AG, Zürich
© 2025 bei NAGEL UND KIMCHE in der
Verlagsgruppe HarperCollins Deutschland GmbH,
Valentinskamp 24, 20354 Hamburg
info@harpercollins.de
Umschlaggestaltung von wilhelm typo grafisch, Zollikon
Umschlagabbildung von Ivan Smuk/Aerial-motion/Shutterstock
Gesetzt aus der Centennial
von GGP Media GmbH, Pößneck
Druck und Bindung von CPI books GmbH, Leck
Printed in Germany
ISBN 978-3-312-01398-2
www.nagel-kimche.ch

Für Marja

I

In der Nacht, als das Mädchen vom Himmel fiel, wurde Ludwig mein Freund. Es war Sommer, ich lag wach und horchte, das Fenster stand offen. Es war zwei Uhr morgens. Ich sah das an dem Radiowecker, der auf dem Nachttisch stand, gelb beleuchtete Ziffern, die leise klapperten, wenn sie umsprangen. Ludwig schlief. Wenn kein Auto über die Brücke fuhr, hörte ich seinen Atem. Kam ein Auto, hörte ich erst ein schwaches Pfeifen aus der Ferne, dann ein Rauschen, lauter werdend, immer lauter, dann leiser, immer leiser. Nachts fuhren nicht viele Autos über die Brücke. Ich lauschte angestrengt auf das nächste Pfeifen, lieber ein Auto als Ludwigs Atem und das leise Klappern in der Stille. Vielleicht konnte ich deshalb nicht schlafen, vielleicht weil ich darüber nachdachte, ob Ludwig mein Freund sein könne. Ein Lastwagen zog über die Brücke, ein dunkles Pfeifen, ein kräftiges Rauschen, darunter das Dröhnen des Motors, bei Lastwagen hörte man immer den Motor, aber nur bei Lastwagen. Ich war nicht sicher, ob Ludwig zu mir passt. Dann fiel das Mädchen vom Himmel.

Nach der Schule waren wir zu Ludwig nach Hause gefahren. Er hatte mich eingeladen, zum ersten Mal. Wir fuhren bis zum Stauwehr, dann nahmen wir ein Schiff, obwohl man von unserem Städtchen bis zum Haus von Ludwigs Eltern nur eine Viertelstunde mit dem Fahrrad brauchte. Aber er bestand darauf, am Stauwehr auf das Schiff der Weißen Flotte zu steigen, die im Sommer einen kleinen Liniendienst unterhielt. Wir waren die einzigen Fahrgäste auf dem kleinen weißen Schiff, das leise brummend durch das weite Tal glitt, rechts und links grüne Hänge, dazwischen Äcker, Pferdekoppeln und unter uns der Fluss, in dem wir nicht schwimmen durften. Direkt voraus lag die Brücke. Ich weiß bis heute nicht, wie viele Pfeiler sie hat, obwohl ich oft versucht habe, sie zu zählen. Ich fing links an, mein Blick wanderte von Pfeiler zu Pfeiler, und ich zählte zügig bis sechs, sieben, verlor dann aber die Gewissheit, welchen Pfeiler mein Auge als Nächstes erfassen müsse, und, schlimmer noch, die Gewissheit, welchen Pfeiler ich zuletzt gezählt hatte. Ich begann von vorn, sechs, sieben, acht... Moment – wirklich acht, immer noch sieben oder doch schon neun? Es konnte einen fertigmachen, es konnte einem sogar richtig schwindelig werden, weil man so angestrengt schaute. Ich versuchte es meistens von links, weil es von rechts noch schlimmer war. Ich kann nur sagen, dass es fünfzehn, sechzehn oder siebzehn Pfeiler waren, aus hellem Beton, stämmig und doch verstörend schmal, zu schmal für den Wind, für die großen Laster, für vier Spuren Autobahn, gebettet in grünen Stahl. Ich weiß auch nicht, wie hoch die Brücke ist, ich kenne keine genaue Zahl, obwohl wir uns viel damit beschäftigt haben. Hoch wie der Himmel, sagten wir als kleine Jungs, hoch wie der Mount Everest, höher als ein Wolkenkratzer. King Kong, sagten wir, müsste sich nicht bücken, wenn er auf der Jagd nach uns unter der Brücke hergehen würde. Die erste Zahl, die wir nannten, war tausend Meter, sie schrumpfte mit den Jahren. Bei fünfzig, sechzig Metern hörten wir auf. Ich weiß nicht, ob das stimmt. Man kann so schlecht in den Himmel hinein schätzen. Hoch ist die Brücke, sehr hoch.

Zwei Wochen zuvor hatte ich Ludwig zum ersten Mal gesehen. In einer Deutschstunde ging plötzlich die Tür auf, der Rektor kam herein, hinter ihm ein blonder Junge. Der Rektor stellte ihn vor und sagte, Ludwig sei von größeren Geistern geschickt, um uns auf die Sprünge zu helfen. Wir grinsten, wir kannten das. Er sagte das immer, wenn ein Schüler vom Gymnasium der Nachbarstadt zu uns wechselte. Es stand im Ruf, besonders viel zu fordern, und alle, die zu uns kamen, waren dort gescheitert. Wir ließen sie spüren, dass sie einmal zu mehr Hoffnung Anlass gegeben hatten als wir selbst.

Als der Rektor Ludwig in unser Klassenzimmer brachte, regnete es. Wir lasen in der *Bürgschaft*, aber ich war nicht konzentriert, sondern betrachtete den Regen, den stärksten in diesem Sommer. Breit rann das Wasser die vier Fenster hinunter, man sah keine Tropfen, man sah vier Vorhänge aus Wasser, dahinter einen grünen Schimmer, die Kastanien im Hof. Vier senkrechte Seen, dachte ich, so klar, dass man die Algen auf dem Grund grün schimmern sieht. Ich wartete auf einen Fisch. Die Klinke an der Tür sprang nach unten, und wir wussten sofort, dass der Rektor kommt, weil nur er der Klinke einen solchen Hieb versetzte, dass sie wie erschrocken nach unten sprang.

Wir waren es gewöhnt, dass unsere neuen Mitschüler verlegen neben dem Rektor standen, mit roten Köpfen, manchmal mit nassen Augen, die Blicke auf den Boden gesenkt. Eine Hand des Rektors lag auf einer Schulter der Unglücklichen, und das sah aus, als drücke er sie zu Boden. Er war ein schwerer Mann.

Ludwig grinste. Ich vergaß den Regen. Der Rektor sprach von den größeren Geistern, und Ludwig grinste immer noch. Hallo, kleine Geister, sagte er und lachte. Er lachte laut und fröhlich und lang. Wir rührten uns nicht. Wir hörten den Regen und Ludwigs Lachen. Wir hatten die Angst, die man hat, wenn andere etwas Verbotenes tun, aber die Strafe alle treffen wird.

Ludwig war so groß wie ich, das heißt mittelgroß. Er hatte einen enormen Kopf, das fiel auf, aber man wusste nicht, ob der Kopf groß war oder nur groß schien, weil die Haare darauf so dicht waren. Blondes Haar, fast weiß, eine Spur zu weiß, fand ich, fast so weiß wie bei dem Kaninchen meiner Cousine. Ludwigs Haar hing über die Ohren und war wirklich sehr dicht. Er sah aus, als habe er eine Mütze auf, wie sie die Russen tragen, mit Klappen über den Ohren. Aber die Mützen der Russen sind dunkel, Ludwigs Mütze war weiß. Ein rundes Gesicht, eine etwas platte Nase, dünne Lippen, kaum Augenbrauen, aber vielleicht waren sie auch zu hell, um auf seiner hellen Haut sichtbar zu sein.

Er lachte immer noch. Er stand ein wenig schief, wie alle, die der Rektor zu uns brachte. Seine Hand musste ganz schön schwer auf Ludwigs Schulter liegen. Ich sah erst jetzt, dass Ludwig tropfte. Er hatte seine Regenjacke nicht ausgezogen, eine dünne Jacke, wie wir sie alle trugen, mit Kapuze. Seine war rot. Weil er so lachte und sich schüttelte, sprangen die Tropfen wild von der Jacke. Ich sah einen Tropfen auf dem schwarzen Schuh des Rektors landen. Meine Angst wuchs. Ludwig stand in einer Wasserlache, der Rektor sah auf seine Schuhe. Plötzlich nahm er die Hand von Ludwigs Schulter, eilte zur Tür, hieb auf die Klinke und verschwand. Wir brauchten eine ganze Weile, bis wir wieder atmeten.

Der Deutschlehrer schickte Ludwig auf den freien Platz in der zweiten Reihe. Wir lasen wieder in der *Bürgschaft*, es war stiller als zuvor.

Damals brauchte ich dringend einen Freund. Ein Freund war alles in jener Zeit. Etwas mit den Eltern zu unternehmen war unwürdig geworden, allein sein hatte noch nicht den Reiz, den es heute für mich hat. Was man nicht mitteilen konnte, war nicht. Es gab uns nur im Spiegel von anderen. Die Länge der Telefonliste, die wir alle in einem Notizbuch führten, entschied über die Bedeutung unseres Daseins. Wir fragten jeden, den wir trafen, nach seiner Telefonnummer und gaben unsere eilfertig her. Dann warteten wir auf Anrufe. Es war besser, angerufen zu werden als anzurufen. In dieser Falle saßen wir alle. Gemessen an unseren Telefonlisten war es sehr ruhig bei uns zu Hause. Wir warteten. Am Abend zählten wir die Anrufe. Je häufiger man von seinen Erlebnissen berichten konnte, desto wirklicher war das, was man erlebt hatte. Wir wollten uns vervielfältigen, um jemand sein zu können.

Vielleicht sollte ich nur von mir sprechen. Ich weiß nicht, ob es bei den anderen auch so war mit den Anrufen. Damals war ich davon überzeugt, weil es sonst so schwer auszuhalten gewesen wäre, nehme ich an. Ein Freund war jemand, den man dreimal hintereinander anrufen konnte, eigentlich nach jedem Gedanken, nach jeder Fahrt um den Block mit dem Fahrrad. Nur ein Freund konnte einem ununterbrochen das Gefühl geben, da zu sein. Und wie herrlich es sein musste, dreimal hintereinander angerufen zu werden. Ich sehnte mich danach. Irgendwie war es mir bis dahin nicht gelungen, einen Freund zu finden. Ich fuhr viel mit dem Fahrrad um den Block, und wenn ich zurück war, fragte ich meine Mutter, ob jemand angerufen habe. Sie schüttelte den Kopf. Ich trat einem Ruderverein bei, ich mochte den Fluss. Schwimmen ging ja nicht.

Pfeifen, Rauschen. Nachts wurde sehr schnell gefahren. Ludwig war gegen halb zwölf eingeschlafen. Seitdem lag ich stumm auf seiner Luftmatratze. Ich dachte an das, was geschehen war, an meinen ersten Tag mit ihm. Das Haus seiner Eltern stand direkt unter der Brücke, vielleicht nicht wirklich direkt, vielleicht zehn Meter versetzt. Es stand beim letzten der großen Pfeiler, danach kamen noch zwei kürzere, weil dort die Talwände anstiegen. Vom Anleger bis zum Haus brauchten wir zwei Minuten. Wir lehnten die Fahrräder an den Zaun, ich starrte hinauf. Ich hatte oft hinaufgestarrt, den Kopf weit in den Nacken gelegt, aber jetzt schaute ich mit dem Gedanken, dass es Menschen gibt, die direkt unter einer solchen Brücke leben, und ich kannte einen, Ludwig. Hundert Meter, die höchste Brücke der Welt, sagte Ludwig, als er das Gartentor öffnete. Weißt du, sagte er, dass in dem Pfeiler einer drin ist? Er zeigte auf den Pfeiler, der beim Haus seiner Eltern stand. Ein Arbeiter, er ist in den Beton gefallen, als er gerade hart wurde. Da konnten sie ihn nicht mehr rausziehen. Jetzt ist er da

drin für immer. Ludwig grinste. Ich kannte die Geschichte, dachte aber, dass der Pfeiler mit dem
Arbeiter drin auf der anderen Seite des Flusses
steht. So hatte man es mir erzählt. Komisch, oder,
sagte Ludwig, wenn man denkt, dass einer da drin-
steckt, ist doch, als würde der Pfeiler irgendwie leben, weil ja einer drin ist, ein Mensch. Aber der ist
tot, sagte ich schnell. Ludwig zuckte mit den Schultern.

Ein Pfeiler, der lebt, dachte ich und starrte auf die
Zahlen der Uhr. Es tat gut, ein bisschen Licht zu
haben. Manchmal sah die Brücke aus, als könne sie
sich bewegen. Sie war nicht gerade gebaut, sondern
krümmte sich durch das Tal, eine leichte Kurve auf
der Autobahn. Etwas, das krumm ist, sieht immer
aus, als könne es sich zurückbiegen oder noch weiter krümmen. Wenn Ludwig schon mein Freund gewesen wäre, hätte ich ihn jetzt geweckt, um mir
versichern zu lassen, dass sich die Brücke nicht bewegen kann. Aber er war noch nicht mein Freund.
Ich war auch nicht sicher, ob er mir diese Gewissheit verschafft hätte. Er war es doch, der gesagt
hatte, dass er manchmal denkt, die Brücke lebe. Die
Uhr klapperte. Ich wollte nach Hause. Ich wollte
raus aus diesem Zimmer, auf mein Fahrrad, weg

von der Brücke, in das Zimmer, das neben dem Schlafzimmer meiner Eltern lag. Und die Tür ein bisschen auflassen.

Wenn kein Auto über die Brücke fuhr, war es sehr still hier, stiller als bei uns, wo immer in den Wohnungen der Nachbarn ein Fernseher lief oder eine Tür schlug. Kurz vor eins hatte ich Schritte gehört, die Dielen knarrten. Jemand ging durchs Haus, die Treppe hinauf, blieb vor Ludwigs Zimmer stehen, ging weiter zum Nachbarzimmer, wo seine Schwester schlief, blieb stehen, ging zur Treppe und wieder hinab. Ich versuchte, nicht zu atmen, ich starrte auf die Uhr. Es war null Uhr achtundfünfzig. Ich starrte und hoffte auf die Eins. Um eins ist es vorbei, muss es vorbei sein, dachte ich. Meine Mutter hatte mir erzählt, dass die Indianer glauben, nachts gehen die Toten alle Wege, die sie einst gegangen sind, wieder zurück. Deshalb hört man sie oft durch die Häuser laufen. Aber nie länger als bis eins, flehte ich in jener Nacht, obwohl meine Mutter davon nichts gesagt hatte. Es war ein altes Haus. Viele, die hier gelebt haben, sind schon tot, dachte ich und versuchte nicht zu atmen. Kurz nach eins war es wirklich vorbei. Schritte auf der Treppe, dann Stille. Ich hörte ein Motorrad. Später hörte ich eine Toilette, dann einen Wasserkessel. Mir fiel ein, dass Ludwigs

Mutter Spätschicht hatte. Wahrscheinlich war sie heimgekommen und hatte an den Türen gelauscht, ob ihre Kinder schon schliefen.

Wie alle anderen hatte ich mir schnell Ludwigs Telefonnummer besorgt, um ihm meine geben zu können. Wir ließen ihn nicht spüren, dass er einmal zu größeren Hoffnungen Anlass gegeben hatte als wir selbst. Wir waren befangen. Noch nie hatte es einer geschafft, dass der Rektor wortlos das Klassenzimmer verließ. Noch nie war einer aus der Nachbarstadt zu uns gekommen und hatte sich nicht die ersten zwei Wochen schüchtern in den Fluren herumgedrückt, beschämt durch sein Scheitern bei den größeren Geistern. Vom ersten Tag an rannte und schrie Ludwig wie wir anderen auch. Vielleicht rannte er noch wilder und schrie noch lauter. Sein weißer Kopf leuchtete immer dort, wo das größte Gedränge oder die schlimmste Keilerei im Gange war. Es war aber auch oft eine große Ruhe um ihn. Mir fiel bald auf, dass alle schwiegen, wenn er redete, und das war eigentlich nicht unsere Art, miteinander umzugehen. Ich weiß nicht, was er sagte. Ich hielt mich abseits in jener Zeit. Ich wollte einen Freund, aber ich wollte, dass er zu mir kam, nicht ich zu ihm. Ich glaube, dass ich meistens ein bisschen beleidigt ausgesehen habe.

Ich weiß noch, wie schwer es mir damals fiel einzusehen, dass Spiele ein Ende haben müssen. Ich wollte nicht eine Stunde Fußball spielen oder zwei, sondern ewig. Meine Feinde waren die Jungs, denen nach ein, zwei Stunden die Luft ausging oder die dann keine Lust mehr hatten. Mein größter Feind war die Dunkelheit. Ich hasste schon die Dämmerung, weil ich dann anfangen musste zu kämpfen, sagen musste, dass man den Ball noch sehr gut sehen kann, dass der Weg nach Haus sehr gut beleuchtet ist, dass die Eltern bestimmt nicht böse werden, obwohl meine immer böse waren, wenn ich im Dunkeln nach Hause kam. Ich wollte nicht irgendeinen Freund, ich wollte einen, mit dem ich endlos spielen konnte.

Wenn ich zu Hause war, gab ich meinen Eltern keine Chance, vor mir am Telefon zu sein. Ich konnte sehr schnell von meinem Bett aufspringen und die zwei Ecken bis zum Telefon im Flur nehmen. Beim zweiten Klingeln hatte ich den Hörer in der Hand.

Hier ist Ludwig, sagte er, als er das erste Mal bei mir anrief. Das war, zwei Wochen nachdem er tropfnass in unserem Klassenzimmer gestanden hatte. Auf der Brücke sind gerade sieben Laster hintereinander vorbeigefahren, das ist Rekord, sagte er, ein wenig atemlos, als sei auch er zum Telefon gerannt. Ich wusste nicht, was ich sagen sollte. Moment, sagte Ludwig, ich glaube, da kommt der nächste. Hör doch, sagte er. Ich hörte ein Rauschen. Acht, sagte Ludwig, acht hintereinander, das ist gigantisch. Nicht schlecht, sagte ich. Ach, hörte ich, jetzt war's nur ein Auto, na ja, acht sind neuer Rekord. Super, sagte ich. Okay, sagte er, tschüss dann, und legte auf. Ich ging zurück in mein Zimmer, legte mich auf das Bett und machte weiter mit dem Computerspiel, das ich unterbrochen hatte. Vielleicht habe ich auch gelesen, ich weiß nicht mehr. Ich glaube aber, dass ich nicht sehr konzentriert war. Wieso hatte Ludwig mich angerufen? Warum musste er mir das von den Lastern so dringend erzählen? Ich war nicht weit gekommen mit meinen Überlegungen, als das Telefon wieder klingelte. Ich stürzte in den Flur.

Noch mal Ludwig, sagte er, vier Motorräder, das ist auch selten, komischer Tag heute. Find ich auch, sagte ich. Irgendwie, sagte Ludwig. Dann schwiegen wir. Schweigen am Telefon ist komisch. Ich bin mittlerweile in der Lage, in Gegenwart anderer zu schweigen, was mir lange unmöglich war, weshalb ich dazu neigte, die intimsten oder dümmsten Geschichten zu erzählen, nur um etwas zu sagen. Ich glaube, ich habe mich deshalb oft lächerlich gemacht, und als ich das merkte, hörte ich auf damit. Sollte sich doch der andere etwas einfallen lassen. Mir macht es nichts mehr aus, in Gesellschaft meinen Gedanken nachzuhängen.

Seit vielen Jahren sind das übrigens oft Gedanken an Ludwig. Am Telefon zu schweigen war mir immer unmöglich, und dabei ist es geblieben. Es liegt wohl am Hörer, den man in der Hand hat. Es ist sinnlos, ihn ans Ohr zu halten, wenn nicht gesprochen wird. Es ist sogar lächerlich. Mich drängt es immer, diesen Zustand sofort zu beenden. Aber damals war es Ludwig, der das Gespräch als Erster fortsetzte. Findest du eigentlich, dass ich ein Albino bin, fragte er. Ich war ziemlich überrascht, dass er das so fragte, obwohl ich natürlich darüber nachgedacht hatte. Von meiner Cousine wusste ich, dass manche Kaninchen weiß sind und rote Augen haben und dass man sie Albinos nennt. Ehe ich antworten konnte, sagte Ludwig, dass er kein Albino ist, auch wenn er ein bisschen so aussieht, wegen der weißen Haare und so. Auf keinen Fall, sagte ich. Unser Gespräch war dann zu Ende, und ich lag anschließend noch nachdenklicher als zuvor auf meinem Bett.

Nach einer halben Stunde klingelte erneut das Telefon. Diesmal nannte er nicht mehr seinen Namen, sondern fragte gleich, ob ich morgen nach der Schule mit ihm nach Hause fahren wolle, ich könne auch bei ihm schlafen. Es war nicht ganz leicht, meine Mutter davon zu überzeugen, dass es unbedenklich ist, gleich beim ersten Besuch über Nacht zu bleiben, aber ich sagte ihr, dass wir in kurzer Zeit sehr gute Freunde geworden sind.

Meinst du, fragte ich, er würde sonst dreimal hintereinander hier anrufen? Sie gab mir die Erlaubnis. Ich war ziemlich aufgeregt. Eine Nacht bleiben, das klang fast nach Ewigkeit.

Gleich nach unserer Ankunft gingen wir zur Werkstatt. Sie war eigentlich nur eine Hütte aus Holzplanken, darauf ein flaches Dach. Das Tor war offen, und ich sah drinnen eine einspurige Hebebühne, auf der ein Motorrad stand. Ein Mann schraubte am Getriebe. Neben ihm saß ein Mädchen auf einem Hocker, sie streichelte eine Katze, die auf ihrem Schoß saß. Ich sah Werkzeuge an der Wand, einen Schweißbrenner und eine Gasflasche, ein großes Fass, ein Regal mit vielen Pappkisten, einen Kohleofen. Hinten standen zwei Motorräder, einem fehlte der Motor, bei dem anderen war die Vorderradgabel verbogen.

Als wir in die Werkstatt traten, drehte sich der Mann um. Ich sah gleich, dass er Ludwigs Vater war, obwohl er kein blondes Haar hatte, sondern graues, aber auch ihm lag das Haar wie eine Mütze auf dem Kopf. Er hatte einen dicken grauen Schnurrbart, der mit Ecken abbog und das Kinn rahmte. Er hielt einen Schraubenschlüssel in der rechten Hand, er lächelte verlegen. Er sagte Hallo und dann nichts mehr. Ich wusste nicht, warum er verlegen war. Eigentlich war das mein Part, verlegen zu sein, wenn ich einem fremden Erwachsenen begegnete. Das ist Johann, sagte Ludwig. Sein Vater blickte prüfend auf den Schraubenschlüssel. Er trug einen rissigen Blaumann, ich sah ein Stück Unterhose. Er hatte einen Bauch, aber seine Beine waren sehr dünn. Die Katze heißt Otto, sagte Ludwig. Das Mädchen stellte er nicht vor. Na, ich mach dann mal weiter, sagte sein Vater und wendete sich wieder dem Motorrad zu.

Ich weiß nicht mehr, was mein erster Eindruck von Ludwigs Schwester war. Ich glaube, ich habe nicht sie wahrgenommen, sondern die Katze. Vera war nur ein Mädchen, ein Jahr jünger als Ludwig und ich. Zwar ist auch eine Katze für einen Jungen nur eine Katze, aber diese hier war so dreckig wie sonst keine, deshalb fiel sie mir auf. Ihr Fell war struppig, und es war nicht weiß und schwarz, sondern grau und schwarz, wobei das Graue sicher einmal weiß gewesen war. Sie glänzte, aber nicht, wie Katzen glänzen, die sich gerade das Fell geputzt haben, sondern ölig. Sie lag auf Veras Schoß und schnurrte und leckte sich die Pfoten, während Vera ihr durch das Fell strich.

Ich dachte an die Katze, als ich um zwanzig vor zwei immer noch wach lag. Es waren keine guten Gedanken. Katzen können nachts unheimlich sein, und eine verölte Katze schien mir in diesem Moment so seltsam, dass ich überzeugt war, in diesem Haus, mit dieser Familie stimmt etwas nicht. Halt dich fern, dachte ich und überlegte wieder, zu meinem Fahrrad zu schleichen. Ich war auch ein bisschen enttäuscht, dass Ludwig jetzt schlief. Gut, er hatte bis halb zwölf durchgehalten, länger als jeder andere. Aber ewig war etwas anderes. Ewig war für mich damals, glaube ich: so lange, bis ich selbst eingeschlafen bin.

Wir hatten lange unter einem Dach neben der Werkstatt gespielt. Dort standen noch mehr Motorräder, ein halbes Dutzend, und sie waren alle alt und aus England, Norton, Triumph, AJS, BSA. Sie waren in schlechtem Zustand, rostig, ausgeweidet.

Wir saßen auf den Maschinen und spielten Polizei-
motorrad, Rennmotorrad, Militärmotorrad, Gangs-
termotorrad. Wir spielten begeistert, ich vergaß die
Brücke über uns, und doch glaube ich, dass in jenem Sommer erste Zweifel aufkamen, ob der
Hauptzweck im Leben das Spielen ist. Es waren nur
Momente, die kurz aufglühende Frage, welches Bild
man eigentlich abgibt, wenn man, wahnwitzige
Schräglagen imitierend, halb neben einem Motorrad hängt, der Kehle ein schrilles Kreischen ent-
lockt, das Geräusch eines Motors, der nur zur Hälfte
existiert, und man die ganze Zeit am selben Ort ver-
harrt, weil das Gefährt, an dem man sich festhält,
gar nicht fahren kann. Im Herbst, der auf diesen
Sommer folgte und der uns beide zwölf werden ließ,
gaben wir dieses ungestüme, gedankenlose Spiel
auf. Der Sommer war unser Abschied von der Kindheit, und ich bin sehr froh, dass ich Ludwig rechtzeitig kennengelernt habe, um diesen Abschied, den
größten des Lebens, mit ihm gemeinsam erleben zu
können.

Am späten Nachmittag kletterten wir den Hang hinauf, unser Ziel war die Brücke. Die Steigung war
eng bewachsen, mit Gestrüpp und niedrigen Bäumen. Das letzte Stück war sehr steil, ich rutschte

und fiel, Ludwig half mir auf. Es war nicht meine Idee gewesen, sondern seine. Wir hatten auf den Motorrädern gesessen, und es war still geworden zwischen uns. Wir hatten gespielt, was es hier zu spielen gab. Lass uns auf die Brücke gehen, sagte Ludwig. Ich war erst froh über diesen Vorschlag gegen die Stille, aber dann wurde mir mulmig. Die Brücke war so hoch, und oben rasten die Autos. Natürlich habe ich nichts gesagt, sondern folgte Ludwig, der ein hohes Tempo vorlegte. Es war ein Test, und das wusste ich. Ich blieb dicht hinter ihm, mein Keuchen staute sich hinter geschlossenen Lippen. Ich atmete aus, wenn ein Laster vorüberdonnerte. Dann waren wir oben. Wir lagen am Rand der Böschung und schauten nach den Autos. Ich war betäubt und berauscht zugleich, ich hatte noch nie aus solcher Nähe Geschwindigkeit erlebt. Der Lärm, die Wucht des Windes, das Schwindelgefühl, wenn man den Schnellsten mit den Augen folgen wollte und der Blick fast mitgerissen wurde, das Gefühl von Gefahr. Ich jubelte innerlich, ich war ein Trapper, an dem eine Horde Indianer vorbeigaloppierte. Ich hätte ewig hier liegen bleiben können.

Los, sagte Ludwig, stand auf, rutschte die Böschung hinunter und sprang über die Leitplanke. Komm, rief er, weil ich liegen blieb. Ich wollte nicht, der Waldboden war weich und warm. Ich konnte das nicht, ich durfte das nicht. Eben ein Trapper, war ich jetzt das Kind meiner Eltern. Auto gleich Gefahr, Autobahn kein Spielplatz. Ein Laster schoss vorbei, Ludwig breitete die Arme aus und wurde fast gegen die Leitplanke geweht. Er lachte. Ich stand auf und sprang über die Leitplanke. Dann rannte er los. Wir rannten den Seitenstreifen entlang auf die Brücke zu. Jemand hupte. Nach hundert Metern auf der Brücke blieb Ludwig stehen, kletterte auf die Leitplanke und stützte sich gegen den dichtmaschigen Drahtzaun, der die Brücke an den Seiten begrenzte. Ich kletterte ihm nach, nicht weil ich unbedingt da hinuntersehen wollte, sondern weil ich den Wunsch hatte, ganz dicht bei ihm zu bleiben. Schon ein Meter Abstand hätte mir das Gefühl gegeben, allein zu sein. Allein auf dieser riesigen Brücke.

Als Kind hat man nur für die Hässlichkeit ein ausgeprägtes Gefühl, nicht für Schönheit. Ich glaube nicht, dass mir damals wirklich klar wurde, wie schön das Tal ist, in dem ich lebte. Ich sah hinunter und sah den Fluss und die Wiesen und Hänge und weiter hinten unser Städtchen, am Rand das Stauwehr und den kleinen See. Ich zitterte, ich hatte Angst vor der Tiefe und vor den Geschossen hinter mir, ich war eingeklemmt zwischen den beiden größten Gefahren der Kindheit, dem Auto und dem Fallen, aber ich lachte und schrie. Ich sah auf schwebende Vögel hinunter. Ich sah mich über der Welt, die mir oft zusetzte, die besorgten Eltern, die Beschwernisse von Schulgang und Hausaufgaben, das Warten auf einen Freund. Ich war größer als sonst, auch älter. Die Höhe machte uns erwachsen. Auch Ludwig lachte und schrie.

Als er sagte, jetzt die andere Seite, brach das alles zusammen. Wir können doch nicht da rüberlaufen, sagte ich. Klar, sagte er, ist kein Problem, hab hier noch nie einen Unfall gehabt. Ich war wieder Kind, viel jünger als elf. Ich sah mich rennen, ich sah das Auto heranschießen, ich sah den Aufprall, ich wirbelte durch die Luft und schlug auf den Asphalt. Das ist zu gefährlich, sagte ich. Wir saßen auf der Leitplanke, wir schwiegen. Ich wusste, wie enttäuscht er war. Ich hatte viele Telefonnummern, sagte Ludwig nach einer Weile. Ich hab aber dich angerufen.

Zehn vor zwei. Von Ludwig sah ich nur den Hinterkopf. Ich war skeptisch. Konnte er wirklich mein Freund sein? Ich dachte an das seltsam weiße Haar, an die seltsam weiße Haut. Es war nicht gerade eine Freude, sich das über Stunden hinweg anzusehen.

Es war zudem nicht besonders nett gewesen, mich über die Autobahn zu locken. Damals dachte ich jedenfalls so, weil ich Ludwig noch nicht richtig kannte. Es kam kein Auto, wir gelangten sicher hinüber und sicher wieder zurück. Trotzdem hatte ich mehr Angst gehabt als je zuvor. Allerdings war es auch ein großartiges Gefühl gewesen, danach mit Ludwig den Hügel hinunterzulaufen. Wir zählten auf, wer alles diese Prüfung nicht bestanden hätte, und am Ende blieben nur Ludwig und ich übrig.

Ich lauschte, weil ich dachte, wieder Schritte gehört zu haben. Aber da war nichts. Es war in diesem Haus alles anders, als ich es kannte. Holzdielen, die bei jedem Schritt knarrten, als liege jemand drunter und beschwere sich über die Störung, Türen, die nur schlossen, wenn man sie kräftig zudrückte oder an ihnen zog, worauf es dumpf knallte und ich mich erschrak, Regale voller Bücher mit ausgebleichten Einbänden, kurze Teppiche, die Falten warfen oder bei denen mindestens eine Ecke umgeschlagen war. Es gab so viel Zufall hier, ein Luftfilter auf einer Fensterbank, eine Glühbirne mit geborstenem Draht zwischen Büchern, drei Geldstücke auf der Armlehne eines Sofas; die Dinge schienen auf ewig dort zu bleiben, wo jemand sie achtlos abgelegt hatte. Bei uns zu Hause war so etwas undenkbar.

Meine Mutter räumte immer auf, die Türen schlossen leise, der Teppichboden schluckte jedes Geräusch. Unsere Möbel waren neu, im Haus von Ludwigs Eltern waren sie alt und mit dicker Farbe neu
gestrichen. Man sah Tropfspuren. Die Vorhänge hingen nicht mehr an allen Ringen, es war staubig,
wenn auch nicht schmutzig. Der Geruch von langem
Wohnen, langem Leben zwischen diesen Wänden.

Nebenan schlief die Schwester. Wenn ich mich
richtig erinnere, habe ich sie an diesem Tag kein
Wort sagen hören. Abends beim Essen saß sie mir
gegenüber, neben Ludwig. Ihr Vater hatte den Platz
an meiner Seite, aber er stand meist am Herd und
machte Pfannkuchen. Er schöpfte den Teig mit einer
Kelle aus einer Plastikschüssel und verteilte ihn in
der Pfanne. Dann stand er da, wartete, drehte den
Pfannkuchen, wartete wieder, hob ihn heraus, legte
ihn auf einen Teller, den er zum Tisch trug, um den
Pfannkuchen auf einen wartenden Berg Pfannkuchen rutschen zu lassen. Wir aßen schweigend. Zunächst hatte Ludwig noch erzählt, was wir am Tag
getrieben hatten, aber dann verstummte auch er.
Wir kämpften. Wir kämpften gegen den gelbbrau-
nen Berg auf dem Teller, der wuchs und wuchs, obwohl wir aßen und aßen. Wir kämpften gegeneinander. Mit der Gabel spießten wir einen Pfannkuchen

auf, balancierten ihn auf unseren Teller, breiteten ihn aus, strichen Apfelmus drüber und aßen stumm. In der Pfanne zischte und brutzelte Pfannkuchenteig. Ludwig nahm immer vor mir, aber ich hielt den Abstand konstant. Der Vater brachte einen neuen Pfannkuchen. Er trug immer noch den Overall, und ich sah ein Stück von seiner Unterhose. Irgendwann merkte ich, dass ich nicht in ein Duell verstrickt war, sondern in einen Dreikampf. Weil ich mich so auf Ludwig konzentriert hatte, entging mir, dass sich kurz nach mir Ludwigs Schwester einen Pfannkuchen vom Teller in der Mitte angelte, und zwar jedes Mal. Ich war irritiert und auch ein bisschen verärgert. Was hatte sie damit zu tun? Wie konnte ein Mädchen so viel essen? Ich nahm den nächsten Pfannkuchen.

Ich gab auf, als der Kater auf den Tisch sprang. Zwar scheuchte ihn Ludwigs Schwester sofort herunter, aber für einen Moment war mir der Geruch von Altöl in die Nase gestiegen, und das zerstörte meine Kampfbereitschaft. Ich hatte mich bis dahin in eine Pfannkuchenwelt verloren, schmeckte, roch und sah Pfannkuchen, sah und hörte Pfannkuchenesser, Pfannkuchenbrater. Da schien es ganz natürlich, immer weiter Pfannkuchen zu essen. Aber dann roch ich Öl, und als ich darauf wieder Pfann-

kuchen roch, platzte ich fast vor Ekel und Völlegefühl. Ludwig und seine Schwester aßen weiter.

Sie war sehr dünn, groß und dünn. Sie war blond,
aber nicht so weiß wie Ludwig. Wenn man genau
hinsah, konnte man blonden Flaum in ihrem Gesicht erkennen. Es war schmal, die Augen waren
rund und grau. Ihre Ohren standen ein bisschen ab,
man sah das wegen der kurzen Haare. Als sie sich
zu ihrem Vater drehte, vielleicht um zu gucken, ob
immer noch Pfannkuchen kommen würden, ragte
ihre Nase spitz aus dem Gesicht. Sie hatte einen Leberfleck am Ansatz der rechten Brust, aber ich weiß
nicht mehr, ob ich das damals schon gesehen habe.
Sie trug gern geblümte Kleider, ließ oben viele
Knöpfe offen, als wolle sie ihr Dekolleté zeigen, aber
sie hatte keines, damals nicht und später auch nicht
so richtig.

Als die Uhr neben Ludwigs Bett klappernd auf 2.02
umsprang, hörte ich draußen einen merkwürdigen
Luftzug und direkt danach ein dumpfes Geräusch.
Ludwig war sofort wach. Er sprang aus dem Bett,
viel schneller, als nach der Pfannkuchenschlacht,
die er gegen seine Schwester verloren hatte, zu er-
warten war. Komm, flüsterte er, aber sei leise. Mir
war ein bisschen übel, und ich fühlte mich zu

schwerfällig, um richtig schleichen zu können, zumal auf diesen knarrenden Dielen, aber wir gelangten unbemerkt aus dem Haus. Es war immer noch sehr warm. Ich wusste nicht, was wir hier sollten. Ich wäre lieber im Bett geblieben, aber ich war froh, dass Ludwig wach war. Er ging mir voraus durch den Garten, er suchte etwas. Da, sagte er plötzlich und blieb stehen. Im Gras lag ein Bündel. Wir machten zwei Schritte darauf zu, und ich sah, dass es ein Mensch war, mit langen Haaren, eine Frau. Ich dachte sofort, dass sie vom Himmel gefallen war. Ich sah, dass sie nicht in den Garten gegangen war und sich hingelegt hatte, um zu schlafen. So verkrümmt wollte niemand liegen. Ich sah, dass sie aufgeschlagen war. Irgendwie hatte ich die Brücke vergessen, obwohl der Pfeiler neben uns stand wie ein Riese, der Nachtwache hält, und obwohl ich die Autos hätte hören müssen. Ich hörte nichts. Ich sah die Frau und dachte, wie kann es sein, dass sie vom Himmel gefallen ist? Ich sah hinauf. Der Mond war eine fette Sichel. Von dort?, dachte ich, wie ist sie da hinaufgekommen? Ich sah eine Rakete zum Mond fliegen, ich sah eine Frau alleine durch die Mondwüste wandeln, ich sah sie stolpern und fallen und fallen, ein langer taumelnder Flug. Die zweite in diesem Jahr, sagte Ludwig, der neben mir stand. Sie lieben diese Brücke, sagte er. Im selben Moment hörte ich wieder ein Auto.

Ludwig machte zwei Schritte auf die Frau zu. Bleib hier, sagte ich. Komm, sagte er, machte noch einen Schritt und stand jetzt direkt neben ihr. Wir müssen das deinem Vater sagen, sagte ich. Gleich, gleich, sagte er, komm jetzt. Ich ging zu ihm hin. Mir fiel der Kasper ein aus dem Kindergarten, in dem ich früher war. Dort hatten sie einen Kasper, eine schöne Handpuppe mit langen Armen und Beinen, die aus Stoff waren. Wenn man den Kasper achtlos ablegte, wie es die meisten Kinder taten, dann falteten sich die Arme und Beine seltsam zusammen, und für mich sah das aus, als sei ihm etwas Schreckliches zugestoßen. Ich konnte das nicht ertragen. Sah ich ihn so liegen, zog ich ihm Arme und Beine gerade. Die Frau sah aus wie der achtlos abgelegte Kasper. Ich wollte, dass jemand kommt und ihre Arme und Beine gerade zieht.

Es war doch keine Frau, wie ich jetzt sah. Sie war jung, sechzehn oder siebzehn. Sie blutete nicht, das machte es leichter, sie anzusehen. Lange, dunkle Haare, Jeans, ein T-Shirt. Sie hatte einen Schuh verloren. Ist sie wirklich tot?, fragte ich. Sie sind alle tot, sagte Ludwig. Hundert Meter schafft keiner lebend.

Ich merkte, wie aufgeregt er war, aber nicht ängstlich aufgeregt wie ich, sondern fast euphorisch. Er ging um das Mädchen herum, bückte sich, strich ihr Dreck von der Wange, und dann schloss er mit einem Finger ihre Augenlider.

Es passierte noch viel in dieser Nacht, die Polizei kam, ein Arzt, ein Leichenwagen. Es war hell, als wir zu Bett gingen, aber wir schliefen noch lange nicht. Wir redeten über das Mädchen, malten uns aus, wie sie gelebt haben könnte und weshalb sie dieses Leben nicht mehr ertragen konnte. Wir vermuteten Liebeskummer, obwohl wir noch nicht so genau wussten, was das ist. Wir stritten ein wenig über die Frage, wie lange der Flug von der Brücke dauere. Ludwig sagte, zehn Sekunden, und das kam mir viel zu kurz vor. Er schlief ein, nachdem wir uns auf den Namen Lisbeth für das Mädchen geeinigt hatten. Lisbeth klang für uns nach einem Leben, das sich nicht lohnte, klang nach Krankheit und Tod.

Ich lag noch lange wach, vielleicht habe ich gar nicht mehr geschlafen. Es ging mir gut. Ich wusste, dass Ludwig mein Freund sein würde. Er war elf, und er kannte sich mit Toten aus. Niemals zuvor hatte mich etwas so beeindruckt wie jene selbstverständliche Geste, mit der er dem Mädchen die Augenlider schloss. Er musste das schon einmal gemacht haben. Ich war in einem Alter, in dem der Tod die große Angst ist, aber nicht der eigene, der kommt einem unmöglich vor. Wir hatten alle eine Riesenangst vor dem Tod unserer Eltern, weil wir Angst vor Heimen hatten, und wir hatten Angst vor Toten. Wir sahen sie im Fernsehen, sie kamen nachts in unsere dunklen Zimmer. Vielleicht wurde mir in jener Nacht klar, dass ein Freund mehr ist als jemand, der anruft. Man braucht einen Freund gegen die Angst. Ludwig konnte mir gegen die schlimmste meiner Ängste helfen.

2

Fünf Jahre später, an einem Samstag im April, saß ich nachmittags auf einer Norton unter dem Dach neben der Werkstatt. Es war warm. Ich konnte nicht ins Haus, weil niemand da war. Ludwig hatte mich zwei Stunden vorher angerufen, um mir zu sagen, dass ich unbedingt kommen müsse. Er hatte nicht gesagt, warum. So war es oft gewesen. Ich folgte seinem Wunsch immer, und es hat sich immer gelohnt. Seine Eltern waren übers Wochenende weggefahren, seine Schwester übernachtete bei einer Freundin. Ich wartete seit einer halben Stunde. Die Brücke hörte ich längst nicht mehr. Ich war so oft bei Ludwig gewesen, hatte so oft bei ihm übernachtet, dass sie aus meinem Bewusstsein verschwunden war.

Als er kam, war er nicht allein. Bei ihm war ein Mädchen, das ich flüchtig kannte. Sie hieß Josefine. Sie schoben ihre Räder durch das Tor, ließen sie ins

Gras fallen und kamen zu mir unters Dach. Sie waren verlegen.

Zu Josefine kann ich nicht viel sagen. Sie war sechzehn, glaube ich. Ich hatte bis dahin nie mit ihr geredet, sah sie manchmal auf der Straße oder im Freibad und wusste einfach, dass es sie gibt. Josefine fiel ein bisschen auf, weil sie einen Goldzahn hatte: der Schneidezahn rechts oben. Er leuchtete, wenn sie lächelte, und manchmal sah das aus, als brenne eine kleine Glühbirne in ihrem Mund. Vielleicht war er nicht wirklich aus Gold, ich weiß es nicht. Viel Geld hatte ihre Familie ja nicht. Sie war Russin. Ich sage das so, obwohl unsere Lehrer dieses Wort damals nicht gerne hörten. Wir sollten Russlanddeutsche sagen, und bestimmt ist es so auch korrekter, weil Josefine und ihre Familie deutsche Vorfahren haben, aber für uns waren sie Russen. Sie kamen aus Russland zu uns, sprachen entweder nur Russisch oder ein Deutsch, das so klang, als stamme es aus weit entfernten Wäldern. Sie wohnten in der Siedlung, wo früher die englischen Soldaten mit ihren Familien gewohnt hatten. Wir gingen da nie hin.

Josefine hatte zwei Brüder, die mir unheimlich waren, weil sie als wild galten. Ob Josefine hübsch war, kann ich so genau nicht mehr sagen. Ihr Gesicht war rund wie ein Mond, genauso ihr Hintern, die Schultern und Arme sahen aus, als sei sie eine Kugelstoßerin, aber sie hatte schöne schmale Waden und schlanke Fesseln, wie ich auch jetzt wieder sehen konnte, als wir unter dem Dach unter der Brücke standen. Sie trug eine weiße Bluse mit Rüschen und einen schwarzen Faltenrock, der ihr bis über die Knie fiel. Eigentlich ging man in solchen Kleidern zur Konfirmation, allerdings natürlich nicht mit Turnschuhen. Josefine trug Turnschuhe ohne Socken. Sie lächelte und sagte guten Tag. Das kam ihr schwer über die Lippen und klang nach Wald. Josefine galt als einfältig. Ich kann das selbst gar nicht beurteilen, weil ich sie, wie gesagt, kaum kannte. Man hörte nur so dies und jenes von den Mädchen in unserem Alter. Von Josefine hieß es zum Beispiel auch, dass sie leicht zu haben sei. Darauf muss man nicht viel geben, weil in dem Alter, in dem wir damals waren, beim Thema Mädchen niemand zwischen Wunsch und Wirklichkeit unterscheiden konnte, und Josefine hatte im Schwimmbad Brüste sehen lassen, die allen zu denken gaben, auch mir. Ich sollte noch erwähnen, dass sie langes, dunkles Haar hatte.

Damals warteten wir auf etwas. Wir wussten genau, was es war. Wir hatten alles gesehen, wir wussten, wie eine Muschi von innen aussieht. Es gab ein Autokino in der Nähe, und wir hingen beim Mitternachtsfilm oft in den Bäumen. Die Leinwand war vier mal acht Meter, und sie gingen dicht ran mit der Kamera. Wir hatten über alles gesprochen. Jetzt musste es passieren, wir waren siebzehn, wöchentlich liefen Meldungen ein über Schulkameraden, die es gemacht hatten, auch jüngere als wir. Sie bestätigten unsere Sehnsüchte und heizten sie an. Ich saß in jener Zeit oft im Klassenzimmer, sah mir ein Mädchen an und dachte, vielleicht hat sie es gerade in der vergangenen Nacht erlebt. Ich guckte, ob da etwas Besonderes war in Haltung, Mimik, Sprache, Bewegung, ich war nie sicher. Wenn ich es wüsste, dachte ich, würde ich zu einem späten Teilhaber, ein bisschen nur, wenigstens ein bisschen. Saß das Mädchen, das ich beobachtete, in meiner Nähe, versuchte ich, ihren Geruch einzufangen. Wir hatten alles gesehen, alles gehört, aber gerochen hatten wir noch nichts. Ich schnüffelte. Ich legte meine Nase in Falten, um möglichst viel vom Duft der Mädchen aufzusaugen. War da nicht etwas mit Corinna? Roch das nicht anders als gestern, vorgestern? Süßlicher. Es machte mich wahnsinnig.

Ich sah nicht schlecht aus damals, war zwar nicht größer als die anderen, aber kräftiger, trainierter.

Ich galt als nett, umgänglich, fair. Es wäre nicht so schwer gewesen, ein Mädchen zu finden. Das Problem war die Vereinbarung, die Ludwig und ich getroffen hatten. Wobei ich von einem Problem gar nicht sprechen möchte, denn es war natürlich richtig, dass wir uns entschieden hatten, wie Zwillinge zu werden. Vielleicht ist das nicht treffend ausgedrückt: Wir wollten Zwillinge *sein*. Wir wollten absolut gleich sein, und weil wir nicht von Natur aus Zwillinge waren, mussten wir die Gleichheit herstellen, und dazu gehörte selbstverständlich, dass wir wichtige Erfahrungen nur gemeinsam machen konnten.

Komm mal mit, sagte Ludwig, nachdem er Josefines Frage nach der Brückenhöhe knapp beantwortet hatte. Achtzig Meter. Wir gingen zum Haus, er schloss auf, und kaum waren wir in der Wohnküche, begann er, glucksend zu lachen. Dabei rieb er sich die Hände. Wenn er das tat, zog er immer die Schultern weit hoch, sodass der Hals verschwand, und er rieb schnell und druckvoll, als wolle er mit bloßen Händen ein Feuer entfachen. So lief er durch die Wohnküche, ohne Hals, mit glucksendem Lachen und reibenden Händen. Ich war bald angesteckt von seiner Freude, grinste, und es kann sein, dass ich mir auch die Hände rieb. Ich hatte das in jener Zeit manchmal an mir beobachtet, etwas überrascht, weil dies bislang nicht meine Art gewesen war, Freude zu zeigen.

Schließlich legte Ludwig eine Handvoll Kondome auf den Tisch. Bist du bereit, fragte er. Natürlich war ich bereit, ich war eigentlich ständig bereit, obwohl ich mir das alles anders vorgestellt hatte. Aber Ludwig hatte natürlich recht. Es stand außer Frage, dass wir beide es mit demselben Mädchen erleben mussten und so zeitnah wie eben möglich. Wir hatten auch überlegt, gemeinsam mit einem Mädchen ins Bett zu gehen, aber uns war beiden unwohl bei dem Gedanken. Eigentlich wollte ich mit einem Mädchen schlafen, das in mich verliebt ist und in das ich verliebt bin. Aber es war unmöglich, eins zu finden, das sich gleichzeitig in Ludwig und in mich verliebte, weshalb wir auch so spät dran waren. Ich schaute zum Fenster hinaus und sah Josefine auf einem Motorrad sitzen. Ich wusste nicht, wie Ludwig sie von unserer Idee überzeugt hatte. Irgendwie hielt ich es sogar für möglich, dass sie in Ludwig und mich verliebt war. Man wusste so wenig von den Russen und ihren Eigenarten. Und vielleicht würden wir uns ja in Josefine verlieben, an diesem Abend. Alles schien möglich, ich hatte nachts manchmal an ihren Hintern gedacht. Ich sah hinaus, sah sie auf dem Motorrad sitzen, vor ihr auf dem Tank kauerte der ölige Kater, und sie streichelte ihn. Ich bin bereit, sagte ich. Dann hol ich sie jetzt, sagte Ludwig. Er nahm eins der Kondome und ging zu ihr. Ich nahm die anderen, weil ich nicht wollte, dass sie so auf dem Tisch liegen, wenn Josefine hier durchlief. Dann kam sie hinter Ludwig her ins Haus, und ich sah ihr nach, wie sie die Treppen hinaufging. Sie drehte sich kurz um. Ihr Goldzahn leuchtete.

Ich kann nur sagen, dass es eine schöne Erfahrung ist, wenn man weiß, dass genau in diesem Moment in nächster Nähe der beste Freund etwas lang Ersehntes erreicht. Ich saß am Küchentisch und dachte an ihn, nicht an das, was gerade in seinem Zimmer geschah, sondern an die Zeit, als wir uns kennengelernt hatten, also an das, was ich eingangs erzählt habe. Ich war sehr froh, einen so guten Freund zu haben. Gleichzeitig war ich ziemlich aufgeregt. Ich hörte nichts, ich wollte auch nichts hören. Dann dachte ich an Josefine im Freibad und ihre herrlichen Brüste.

Ich war sehr überrascht, als plötzlich die Haustür aufging und Ludwigs Schwester hereinkam. Ich sprang auf, obwohl es keinen Grund dazu gab. Sie

sah mich verwundert an. Sie trug wieder ein ge-
blümtes Kleid, und es kann sein, dass ich in jenem
Moment den Leberfleck über ihrer rechten Brust
gesehen habe. Ich fand nicht, dass sie sich in den
Jahren, die seit unserer ersten Begegnung vergan-
gen waren, stark verändert hatte. Ein Mädchen
bleibt dasselbe Mädchen, würde ich sagen, solange
man sie mit demselben Blick anschaut. Ich hatte sie
bis dahin immer als Ludwigs kleine Schwester gesehen. Sie sagte wenig, und wenn sie etwas sagte,
klang das meistens bockig. Sie war immer noch
gerne bei ihrem Vater in der Werkstatt, aber jetzt
saß sie nicht mehr auf dem Hocker, sondern stand
oft mit komischen Fußstellungen. Entweder ihre
Füße bildeten ein großes T, oder sie stand auf den
Zehenspitzen. Die übt für ihr Ballett, sagte Ludwig,
als ich ihn danach fragte. Ich will nicht verheimli-
chen, dass er das verächtlich sagte. Bei Bruder und
Schwester in diesem Alter ist das wohl so.

Ich glaube nicht, dass Vera und ich vorher jemals
allein in einem Raum waren. Zum Glück hörte man
nichts von Ludwig und der Russin, aber um sicher-
zustellen, dass man garantiert nichts hörte, begann
ich, mit lauter Stimme zu reden. Ich sagte, dass sich
Ludwig oben im Zimmer etwas ausruhen wolle,
weil wir beim Training überzogen hätten, man störe

ihn jetzt besser nicht, und auch ich sei erschöpft und wollte mir gerade einen Tee machen, und mit ihr hätte ich gar nicht gerechnet, weil es geheißen habe, sie würde bei einer Freundin übernachten. Der Vater der Freundin ist eben zurückgekommen, sagte Vera. Er hat die Familie vor zweieinhalb Jahren verlassen, aber jetzt ist er wieder da. Sie zuckte mit den Achseln. Ihre Füße bildeten ein großes T. Einfach so zurückgekommen, fragte ich. Es klingelte, und er war da, sagte sie. Er hatte zwei Koffer dabei. Und deine Freundin und ihre Mutter, fragte ich. Sie haben sich gefreut. Sie zuckte wieder mit den Achseln. Eine Weile erzählten wir uns Trennungsgeschichten. Wir kannten viele, für uns waren das normale Gespräche. Vier Jahre zuvor hatten sich meine eigenen Eltern getrennt.

Die Situation war sehr schwierig. Ich wusste Ludwig oben mit der Russin, und hier unten sprach ich mit seiner Schwester über Eltern. Ich war angespannt. Ich war so kurz davor, meine größte Sehnsucht zu erfüllen, und jetzt brachte Vera alles durcheinander. Dann hörte ich oben die Tür, und Ludwig kam die Treppe hinunter. Merkwürdigerweise wirkte er ernst. Er beachtete uns nicht, ging schweigend durch die Wohnküche und dann hinaus. Ich weiß nicht mehr genau, wie ich seine Schwester losgeworden bin. Wahrscheinlich habe ich gesagt, dass ja jetzt das Bett frei sei und ich mich ein wenig hinlegen könne. Irgendwas in der Art.

Sie schlief. Jedenfalls hatte sie die Augen geschlossen, und als ich in Ludwigs Zimmer trat, schrak sie auf. Wahrscheinlich hatte ich sie aus einem Traum gerissen. Ich glaube, dass ich ziemlich verlegen war. Ich stand zwei Schritte vom Bett entfernt mitten im Zimmer. Sie hatte die Bettdecke bis zum Kinn gezogen. Sie guckte auf die gegenüberliegende Wand, und erst nach einer Weile schaute sie mich an, als wäre sie überrascht, dass nichts passierte. Was ist, fragte sie mit ihrer Waldstimme. Ich konnte nichts sagen. Hast du Angst, fragte sie. Als ich wieder nichts sagte, lächelte sie. Musst keine Angst haben, komm zu mir. Ich blieb stehen. Dann zog sie die Decke weg, lag plötzlich nackt vor mir, und ich sah etwas, womit ich nicht gerechnet hatte. Ich meine, wir waren wirklich gut vorbereitet. Ich wusste, wie große Brüste im Liegen aussehen, wie sie sich weich über den Oberkörper verteilen, mich konnten die dunklen Brustwarzen nicht erschrecken, nicht volle Hüften, nicht Schenkel, die sich breit auf das Bett drücken. Ich kannte das alles im Format vier mal acht Meter. Aber diese schwarze dichte Wolle in der Mitte eines Frauenkörpers, die hatte ich nie gesehen. Die Frauen, die mir präsentiert worden waren, hatten einen schmalen Streifen Haare oder gar keine. Von Josefines Schoß wuchs das Haar fast bis zum Bauchnabel hinauf und ein Stück weit die Oberschenkel hinunter. Ich war entsetzt, und ich war begeistert. Vielleicht dachte ich an etwas so Weiches und Feuchtes und unbeirrt Wucherndes wie Moos, und es war immer ein schönes Gefühl gewesen, Moos zu berühren, ich hatte immer den Wunsch gehabt, mich ins Moos zu betten, sobald ich es sah. Ich ging zu Josefine und legte meinen Kopf zwischen ihre Beine. Ich ließ ihn lange dort liegen. Ihr Schamhaar war weich, sie roch ein bisschen nach Gummi, meine Augen waren geschlossen. Bald spürte ich Josefines Finger auf meinem Kopf, sie kämmten mein Haar. Ich lag eine Ewigkeit dort. Es passierte lange nichts, nicht viel jedenfalls. Als ich meinen Platz zwischen ihren Beinen verließ, kam ich nicht weit, weil ich mein Gesicht auch in ihren Bauch vergraben musste. Ich glaube, »vergraben« ist ein gutes Wort für das, was an jenem Nachmittag geschah. Ich vergrub mein Gesicht zwischen Josefines Beinen, in ihrem Bauch, zwischen ihren Brüsten, in ihren Brüsten, unter ihren Armen, in der Halsbeuge, in ihren Kniekehlen, aber dort war sie kitzelig, weshalb sie mich gleich wieder verscheuchte. Ich lag meist reglos auf ihrem Körper, manchmal spielten meine Lippen oder meine Zunge ein bisschen mit ihrer Haut, ihren Haaren, ihren Nippeln, ihrer Klitoris. Und obwohl eigentlich nur mein Gesicht vergraben war, hatte ich immer das Gefühl, ganz von Josefine umfangen zu sein. Sie war mir in diesen Stunden eine weiche, warme, feuchte Höhle, und ich hatte keine Angst.

Wir schliefen zweimal miteinander. Zweimal rief sie meinen Namen. Danach lag ich noch lange neben ihr, mein Gesicht in ihrer Halsbeuge. Ich erschrak, als ich merkte, dass es dunkel war. Ich hatte Ludwig vergessen, seine Schwester, das Haus, in dem ich war. Ich zog mich rasch an und ging hinunter. Das Haus war dunkel. Ich ging hinaus, ging in die Werkstatt, ich fand Ludwig nicht. Josefine war längst weg, da saß ich noch am Küchentisch und wartete. Er kam nicht. Weit nach Mitternacht fuhr ich nach Hause.

Ich sah ihn erst am Montag wieder, als wir zusammen trainierten. Wir fuhren Zweier ohne. Ich muss dazu vielleicht ein paar Dinge erklären. Der Zweier ohne ist ein besonderes Boot. Es gibt keinen Steuermann, deshalb Zweier ohne. Jeder hat einen Riemen, Ludwig zieht Backbord, ich ziehe Steuerbord. Weil jeder auf einer Seite zieht, müssen wir gleich stark sein, damit sich das Boot nicht im Kreis dreht. Zwar gibt es eine kleine Steueranlage, die der Schlagmann mit den Füßen bedient, aber je mehr er steuern, je mehr er Ungleichheiten austarieren muss, desto unruhiger läuft das Boot. Wir hatten gute Voraussetzungen für den Zweier ohne, wir waren gleich groß, gleich schwer, gleich kräftig, technisch gleich begabt, und wir waren Freunde, wir dachten gleich. In unserer ersten Saison im Zweier ohne gewannen wir jedes Rennen in der Leichtgewichtsklasse.

In unserer zweiten Saison bekamen wir neue Gegner, Zwillingsbrüder aus Potsdam. Zwillinge, besonders eineiige, sind für den Zweier ohne naturgemäß besonders geeignet. Wir verloren das erste Rennen, wir verloren das zweite. Am Abend danach, als wir bei Ludwig zu Abend gegessen hatten, sagte er, komm, wir gehen auf die Brücke. Wir hatten das lange nicht mehr gemacht, die Zeit der Spiele war längst vorbei. Ich folgte ihm hinauf, und wir gingen bis zur Mitte. Das Tal war dunkel, wir sahen die Lichter der Gehöfte und des Städtchens. Es herrschte wenig Verkehr. Ludwig zog sich den Zaun hinauf, bis er mit seinem Unterleib gegen die Kante des Zaunes drückte. So hielt er sich, es sah aus, als könne er beim nächsten Windzug eines Lasters nach vorne kippen. Wenn ich jetzt springen würde, sagte er, würdest du dann auch springen? Ich war genauso verzweifelt wie er, wir waren es nicht gewöhnt zu verlieren, aber das war kein Grund, sich umzubringen. Komm runter, sagte ich, das ist gefährlich. Sag schon, sagte er, würdest du auch springen? Er drückte seine Arme ganz durch und presste nun die Oberschenkel gegen den Zaun. Ich hörte einen Laster in der Ferne. Lass das, schrie ich. Er kam herunter, er packte mich an den Schultern. Du wärst nicht gesprungen, sagte er, ein paar verlorene Rennen sind auch kein Grund, sich umzubringen. Aber diese verdammten Burschen sind Zwillinge, verstehst du, und wenn wir sie schlagen wollen, müssen wir auch Zwillinge sein. Wir können nicht zurück in ein gemeinsames Ei kriechen, aber wir können auf unsere Art gleich werden, mehr als bisher. Wir müssen immer das Gleiche tun, wir müssen immer das Gleiche wollen, wir müssen immer das Gleiche denken. Er schrie. Und wenn einer von uns einen Grund hat, von dieser Brücke zu springen, dann muss das auch ein Grund für den anderen sein, von dieser Brücke zu springen, verstehst du? Willst du das? Ich wollte. Ich war sehr glücklich an diesem Abend. Wir waren Freunde, und jetzt würden wir Zwillinge werden.

Ich hoffe, jedem ist klar, was es heißt, ein solches Angebot zu bekommen. Wir waren sechzehn, als er das sagte, wir fanden uns hässlich, wir fanden uns unerträglich, und wir hofften so, dass es Menschen gibt, die das anders sehen. Nie hat man größere Zweifel und nie größere Hoffnungen in derart raschem Wechsel. Es ist kaum zu ertragen. Und dann kommt jemand und sagt: Ich will genauso sein wie du. Wie fantastisch das ist. Wie sicher einen das macht. Denn weil wir uns so unsicher waren, stellte jeder andere eine Bedrohung dar. Jede neue Jacke, die ein anderer trug, warf die Frage auf, ob damit nicht alle Jacken, die man selbst hatte, erledigt waren, ob man nicht sofort auch diese Jacke haben müsse. Wir lauschten jedem Wort nach, jeder Betonung, um herauszufinden, ob das nun das neue Wort, die neue Betonung werden könnte. Wir mussten schnell sein, wir waren sehr nervös. Einen Zwilling zu haben konnte einen von vielem befreien. Ein Zwilling, so verstand ich Ludwig, ist einer, der einen nie erschüttert, weil das, was er tut und sagt und trägt, immer auch das Eigene ist.

Ich war von da an nur noch zum Schlafen zu Hause und auch das nicht immer. Fast jede wache Minute verbrachten wir miteinander, sahen fern, spielten dieselben Computerspiele, lasen Bücher gemeinsam, aßen gleich viel von denselben Gerichten, erzählten uns jeden Gedanken, damit er auch zum Gedanken des anderen werden konnte. Wir verloren noch zwei Rennen, der Rest der Saison ging an uns. Das war in dem Jahr, bevor wir mit Josefine schliefen.

Ich hab dich ein paarmal angerufen, sagte ich, als wir uns für das Training umzogen. Ich war nicht da, sagte er. Unser Bootshaus war klein und eng. Es gab nicht einmal Umkleideräume. Wir zogen uns in der Werkstatt um, wo es nach Schweiß und Dollenfett roch. Hier war auch unser Kraftraum, wir hatten nur eine Bierzeltbank und eine Hantel, deren Gewichte rosteten. An der Decke hing ein Holzbrett, das wir bei Strecksprüngen berühren mussten. In der Bootshalle lag ein Dutzend Boote, meist alte Kähne in Klinkerbauweise, zwei, drei Rennskiffs aus Kunststoff und unser Zweier ohne, das einzige neue Boot. Der Verein hatte es für uns gekauft, weil wir die Hoffnung des Vereins waren. Auf einem Hänger lag ein kleines Motorboot für den Trainer, aber wir fuhren meist ohne Trainer raus und arbeiteten nach einem eigenen Plan.

Wir trugen unser Boot zum Fluss, ließen es zu Wasser, legten die Riemen in die Dollen, stiegen ein

und stießen uns vom Steg ab. Ludwig war Schlag-
mann, er saß mit dem Rücken zu mir. Wir wollten
Langstrecke fahren, zehn Kilometer, hohes Tempo.
Wir konnten nach Westen rudern oder nach Osten.
Nach Westen war es umständlicher, weil dort das
Stauwehr lag und wir erst durch die Schleuse muss-
ten. Trotzdem fuhren wir meist nach Westen, denn
dort wartete die Brücke, zu der es uns beide hinzog.
Wenn uns nicht das Schiff der Weißen Flotte begeg-
nete, waren wir allein auf dem Fluss, die Dollen
knarrten, das Wasser plätscherte an den Riemen.
Ein grauer Fluss zwischen grünen Ufern. Unter der
Brücke schauten wir beide kurz hoch.

Bei Kilometerstein 43/7 sah ich Josefine am Ufer
sitzen. Sie trug wieder ihre Konfirmandenkleider,
sie lächelte mich an, ihr Goldzahn blitzte in der
Sonne. Ich freute mich, sie zu sehen. Ich hatte den
ganzen Sonntag an sie gedacht und hätte so gerne
Ludwig davon erzählt, wie es mit ihr war, und wollte
von ihm hören, was er erlebt hatte. Es ist Unruhe im
Boot, zischte Ludwig, konzentrier dich. Ich hatte
nicht einmal den Kopf gedreht, Josefine nur aus
den Augenwinkeln angeschaut. Aber natürlich
nahm sie meine Gedanken ein, und wenn ich es
recht bedenke, war Ludwigs Mahnung ein Zeichen,

dass wir auf einem guten Weg waren. Er spürte kleinste Änderungen, und so musste es sein. Er hatte natürlich auch recht. Wir waren auf Trainingsfahrt, wir konnten Ablenkung nicht gebrauchen.

Als wir zurück waren am Stauwehr, unsere Riemen flach auf dem Wasser lagen und wir im Gleichtakt um Atem rangen, sagte Ludwig, besser, du vergisst die Russenschlampe, sie ist nichts für dich. Wir hatten sehr hart trainiert, zehn Kilometer Langstrecke im Höchsttempo, das ist wie eine Dreiviertelstunde Kampf gegen den Tod. Wir waren völlig fertig, und Ludwig war vielleicht noch ein bisschen böse, weil es diese kleine Störung gegeben hatte. Man sollte ein solches Wort deshalb nicht auf die Goldwaage legen.

Ich versuchte, nicht mehr an die Russin zu denken. Sie saß noch ein paarmal am Ufer, dann sah ich sie nicht mehr. Vielleicht hatte sie erwartet, dass ich zu ihr komme. Keine Ahnung. Ich meine, wir hatten ein paar sehr schöne Stunden, aber was heißt das schon. Die Unterschiede sind am Ende dann doch sehr groß. Ich vergaß sie mit der Zeit. Allerdings blieb etwas zurück, was man vielleicht als allgemeine Sehnsucht bezeichnen kann, ein Verlangen, so etwas noch einmal zu erleben, nicht mit der Russin, nein, es gab so viele Mädchen. Aber immer wenn ich gegenüber Ludwig auf das Thema zu sprechen kam, wich er aus, sprach sofort von etwas anderem. Übrigens war das vorher nicht viel anders gewesen. Ludwig zeigte nie ein größeres Interesse an diesem Thema, es war wohl mein Drängen, das ihn dazu bewog, die Russin für uns zu gewinnen. Umso dankbarer war ich ihm. Ich versuchte, meine Sehnsucht zu bezwingen, und für eine Weile gelang mir das recht gut.

3

Als der Sommer dem Kalender nach begann, wurde
es kalt, fünfzehn Grad im Juni. Wir waren nie warm
genug angezogen und oft durchnässt. Wann kommt
denn endlich die Klimakatastrophe, fragte Ludwig,
wo bleibt die Erderwärmung? Wir lachten. Wir
lachten überhaupt viel. Es ging uns gut, ich glaube,
da kann ich auch für Ludwig sprechen. Nie hat mir
schlechtes Wetter weniger ausgemacht. Ich weiß
noch, wie wir einmal, von schwarzen Wolken überrascht, Zuflucht im Wartehäuschen einer Bushalte-
stelle gesucht hatten, und Ludwig, als der Regen
in dicken Strichen fiel, plötzlich drei Schritte hinaus
machte und dann stehen blieb. Ich protestiere,
schrie er zum Himmel hinauf, ich werde nicht eher
weichen, als bis der Regen aufhört. Ich stellte mich
neben ihn. Ich protestiere auch, schrie ich, und war
bald so nass wie nach einem Bad im Fluss, theo-
retisch, denn ich habe nie im Fluss gebadet. Als der
Regen nach zehn Minuten aufhörte, schrie Ludwig

Sieg, und ich schrie auch Sieg, und wir lachten und sprangen durch die Pfützen. Nie werde ich vergessen, wie mich Ludwig an den Schultern packte, und das Wasser lief ihm aus den Haaren in die Augen, und sein ganzes Gesicht war bedeckt von Tropfen und Tropfenbahnen, und als er schrie, wir haben es geschafft, wir haben gewonnen, lief ihm Wasser auch in den Mund. Er sah nicht viel anders aus als nach einem Sieg über die echten Zwillinge, einfach glücklich, nur nasser, und ich schrie, dem haben wir's gegeben, das macht er nicht noch einmal, und Ludwig reckte dem Himmel den Mittelfinger entgegen. Wir merkten gar nicht, dass der Bus kam. Erst das Hupen holte uns zurück, und dann sprangen wir auf unsere Räder und fuhren davon, immer noch lachend. Im Juli wurde der Sommer besser. Mehr als einmal sagten wir, dass man nur richtig Widerstand leisten muss, dann wird es schon.

Wir waren Zwillinge geworden, ohne Frage. Wir trafen uns immer fünf Minuten vor Schulbeginn, oder, besser gesagt, wir gingen fünf Minuten verspätet zum Unterricht, weil wir vereinbart hatten, uns jeden Morgen die Träume der Nacht zu erzählen. Wir waren beide keine großen Träumer, ich bin es immer noch nicht. Oft hatten wir nichts zu berichten, höchstens eine kurze Geschichte der Angst, etwas Böses, das uns auf den Fersen war, eine Peinlichkeit vor versammelter Klasse, aber das kam selten vor. Ich träumte hin und wieder, dass jemand am Trapez durch ein Zirkuszelt turnte, und als ich über eine Strickleiter in die Kuppel kletterte, sah ich, dass es Josefine war, so gut wie nackt. Wir fielen zusammen ins Netz. Ludwig nahm diesen Bericht jedes Mal ohne Kommentar zur Kenntnis. Meist redeten wir gar nicht über Träume, weil wir nichts geträumt hatten, sondern redeten nur so, über Schule, Rudern, was auch immer.

Übrigens hatte es Arger mit Josefines Brüdern gegeben. Irgendwas wollten sie von uns, ich weiß nicht mehr, was. Sie schrien und taten ziemlich dicke, und wir hörten uns das eine Weile an, bis Ludwig dem älteren ins Gesicht schlug. Sofort und ohne nachzudenken, machte ich das Gleiche mit dem jüngeren. Er war so überrascht, dass ich ihn trotz seiner sozusagen russischen Wildheit niederringen konnte. Am Ende lag er reglos unter mir. Ich sah, dass auch Ludwig mit seinem Gegner fertiggeworden war, dass er aufstand und ihm noch in die Seite trat, nicht richtig fest, nicht dass hier ein falscher Eindruck entsteht, ein harmloser Tritt, mehr eine

Berührung mit der Schuhspitze. Deshalb fällt es mir nicht schwer zuzugeben, dass auch mein Russe einen kleinen Tritt in die Seite bekam. Sie waren wirklich unverschämte Kerle.

Wir gingen nicht ungern zur Schule. Wir waren ohne Aufwand mäßig gute Schüler, manchmal neugierig auf das, was uns erzählt wurde, meistens aber gelangweilt, ohne verdrossen zu sein. Unsere Lehrer betrachteten wir mit Nachsicht. Sie nahmen ihre Aufgabe, uns auf die Welt der Erwachsenen vorzubereiten, rührend ernst, obwohl niemand wusste, was für eine Welt das sein würde, wenn wir erwachsen wären. Alles änderte sich immerzu. Natürlich hatten auch wir Grund, Lehrer zu hassen, unser Erdkundelehrer zum Beispiel war ein Scheusal, mit einem Hang zu tagfüllenden Hausaufgaben, aber dann sahen wir ihn ratlos vor den großen Landkarten stehen, die er im Klassenzimmer entrollt hatte, und wieder stimmten die Staatsgrenzen nicht mehr. Fast tat er uns leid, wenn er die Karten anhand von Zeitungsgrafiken ergänzen oder ändern wollte, mit einem dicken schwarzen Stift, den er zittrig führte. Was wir dann sahen, entsprach der aktuellen politischen Lage noch weniger als die Originalkarte, weil der Erdkundelehrer wieder abgerutscht war mit seinem Stift, die Karten hingen ja und lagen nicht. So teilte er beim Versuch, in unserer Gegenwart Jugoslawien zu zerschlagen, das griechische Festland in zwei Hälften, und er gründete in einer Ecke des Iran eine unabhängige Republik, als er die Sowjetunion auflöste. Nie hatte ich einen Atlas, in dem alle Staatsgrenzen stimmten. Von den Computern, mit denen wir arbeiten mussten, will ich gar nicht reden. Beim Abitur tippte ich am selben Apparat herum wie in der Sexta, nur kamen mir die Wartezeiten nach Eingabe von Befehlen verdammt viel länger vor, weil die Apparate, die wir privat benutzten, immer schneller geworden waren. Unsere Schule, würde ich heute sagen, war, gemessen am Tempo der Zeit, zu gemütlich, um bedrohlich zu wirken, was wohl der Grund dafür war, dass Ludwig und ich ihr nicht wirklich böse sein konnten.

In den Pausen standen wir immer allein. Wir hatten eine eigene Ecke vorne auf den Treppen, wo geraucht werden durfte. Wir rauchten natürlich nicht. Wir saßen da und redeten miteinander. Was sollten wir auch mit den anderen besprechen? Sie störten uns. Wir brauchten sie nicht. Es gab allerdings eine kurze Phase, da waren wir zu dritt. Das war, als Marco zu uns an die Schule kam. Marco kannte ich aus Berlin, wo wir zusammen die Grundschule besucht hatten. Nachdem meine Eltern mit mir in das Städtchen am Stausee gezogen waren, schrieben wir uns zweimal, dann verlor ich ihn aus den Augen. Im Winter, als Ludwig und ich schon Zwillinge waren, stand er plötzlich auf dem Pausenhof. Ich erkannte ihn gleich. Ich freute mich, ihn hier zu sehen, seine Eltern waren nun ebenfalls umgezogen. Er war neu und unsicher, und ich kümmerte mich um ihn. Uns verbanden schöne Erinnerungen. In den Pausen saß er mit Ludwig und mir auf der Treppe, und ich nahm ihn auch mit zum Rudern und manchmal mit zu Ludwig nach Hause. Er war ein fröhlicher Bursche. Nach zwei, drei Wochen fragte mich Ludwig, ob ich nicht auch finde, dass Marco zu einfältig sei, um zu uns zu passen. Ich konnte ihm nur recht geben. Das war ja das Geniale zwischen uns beiden, dass wir die Dinge gleich und gleichzeitig empfanden. Meist war es Ludwig, der sie als Erster ausdrückte, weil er insgesamt mehr redete. Es war sicher bitter für Marco, dass wir ihm zu verstehen gaben, er müsse sich andere Freunde suchen, schonend tat ich das, ohne ihn zu verletzen, und bald sahen wir ihn oft mit dem dicken Georg zusammen. Sie verließen später vorzeitig die Schule und wurden Polizisten.

Inzwischen war auch Vera an unser Gymnasium gewechselt, aber sie saß nie bei uns, bei Geschwistern geht so was nicht. Ich muss sagen, dass sie mir ganz gut gefiel. Sie trug die Haare kürzer, und die Blümchenkleider saßen sehr gut auf ihren eckigen Schultern. Sie stand nicht mehr auf den Zehenspitzen, das wäre albern gewesen, sie war fünfzehn. Bei der T-Stellung blieb sie.

Zu Beginn des Sommers, als es noch kalt war, bin ich ihr einmal kurz nahegekommen. Das war, als ein Mädchen aus der Sexta entführt wurde. In unserem Städtchen lebten viele reiche Leute, weil es so schön ist bei uns, nehme ich an, der Fluss, das viele Grün und nahebei die großen Städte mit ihren Konzernen. Wir hatten eine Menge Vorstandskinder an unserer Schule, Kinder, die morgens im eigenen Pool schwimmen gingen, weil das einen geraden Rücken machte. Wir nannten sie Bonzos und wollten nichts mit ihnen zu tun haben, aber natürlich tat uns die Kleine leid, als man sie vom Schulweg weggeschnappt hatte. Sie wollten drei Millionen. Es war eine aufgeregte Zeit, viel Polizei an der Schule und auf den Straßen. Es war eine Zeit, in der wir alle davon träumten, das Mädchen zu finden, die Gangster zu überwältigen und eine große Belohnung zu kassieren. Ludwig und ich fuhren viel mit den Rädern durch die Wälder, weil wir hofften, dort auf eine Spur zu stoßen, und dabei malten wir uns aus, mit welchen Listen und welcher Taktik wir der Gangster Herr werden könnten. Insgeheim wünschte sich, bei allem Horror, wohl jeder hin und wieder, selbst in der Rolle des Mädchens zu sein, so verloren, so bedauert und so gefährdet. Und hatte nicht der Gefangene als Erster die Möglichkeit, die Gangster auszuschalten und Held zu werden? Ich muss allerdings sagen, dass ich nicht weiß, ob sich jeder in diese Rolle wünschte, weil man das natürlich nicht sagte. Ich weiß es nur von Ludwig und mir, weil es uns als freiwilligen Zwillingen ja möglich war, einander selbst das Peinlichste zu erzählen. Nach drei Wochen wurde das Lösegeld gezahlt und das Mädchen befreit. Wir waren sehr überrascht, als wir hörten, wo sie versteckt worden war. Der kurze Brückenpfeiler, der sich auf unserer Seite an den Hang schmiegte, war teilweise hohl. Wir wussten das. Es gab eine Eisentür, und dahinter vermuteten wir eine Kammer, wo die Brückenarbeiter Werkzeuge abstellen konnten. Wir hatten früher hin und wieder an der Tür gerüttelt, sie war aber immer verschlossen. Dann vergaßen wir sie. In dieser Kammer hatte das Mädchen drei Wochen lang leben müssen. Wir liefen sofort dorthin, als die Meldung im Radio kam. Alles war abgesperrt, aufgeregte Männer. Abends saßen wir bei Ludwig im Zimmer und grübelten lange, wie es wohl ist, drei Wochen in einer solchen dunklen Kammer zu leben, welche Wege der Befreiung denkbar wären, und natürlich ärgerten wir uns, der Lösung dieses Falles räumlich so nahe gewesen zu sein. Die Brücke war unser Revier, und dann haben wir drei Wochen lang keinen blassen Schimmer gehabt.

Ich ging erst nach Mitternacht. Als ich das Haus verließ, sah ich, dass Licht in der Werkstatt brannte. Das Tor stand einen Spaltbreit offen, und ich hörte etwas, das wie ein Wimmern oder leises Weinen klang. Ich blieb stehen. Dann ging ich zur Tür und schaute durch den Spalt. Ich sah Vera neben dem Ölfass auf einem Hocker sitzen. Ihre Arme waren um die hochgezogenen Knie verschränkt, ihr Kopf ruhte auf den Armen. Ihr Rücken bebte. Ich wollte mich erst wieder davonmachen, weil ich nicht wusste, wie man mit einem weinenden Mädchen umgeht, aber dann trat ich doch in die Werkstatt. Sie hörte mich und blickte auf. Man sah ihr an, dass sie schon eine ganze Weile geweint hatte. Sie ist da die ganze Zeit alleine gewesen, schluchzte sie, nicht mal hundert Meter von hier, im Dunkeln, und sie hat bestimmt solche Angst gehabt. Vera war ein bisschen hässlich in diesem Moment, rote große Augen, hohle Wangen, die Tränen über das Gesicht verschmiert. Sie sah aus wie eine kleine Eule, die vorzeitig das Nest verlassen musste. Sie begann wieder zu weinen. Ich ging zu ihr hin und legte eine Hand auf ihr Haar. Weil sie nicht aufhörte zu weinen, trat ich noch ein bisschen näher und drückte ihren Kopf sanft gegen meinen Bauch. Es war komisch, da so zu stehen und den Kopf eines Mädchens am Bauch zu spüren. Bestimmt hat sie kaum etwas zu essen gehabt, schluchzte sie, und ich merkte, wie mein Hemd feucht wurde. Sie stand dann auf, schlang ihre Arme um meinen Hals und legte ihren Kopf an meine Brust. Wo meine Hände waren, kann ich nicht mehr genau sagen. An verschiedenen Stellen, wenn ich mich richtig erinnere, also sicher auf den Schultern, Kopf, Hals, ja, aber nur ganz kurz, und an den Hüften. Es war so merkwürdig, also wenn mich nicht alles täuscht, spielten ihre Finger irgendwann in meinem Nacken. Wir waren beide sehr verwirrt, das Mädchen im Pfeiler und jetzt wir hier so spät und allein und dieser Geruch von Tränen, der ja kein schöner Geruch ist und trotzdem einer, den ich immer gerne gerochen habe, außerdem Motorräder, ein Ölfass. Wir haben uns nicht geküsst.

Als ich auf dem Fahrrad zurückfuhr, war mir ein bisschen unheimlich. Es war mir manchmal so gegangen im Dunkeln, mit der Brücke im Rücken. Irgendwie ging nichts Gutes von ihr aus, zwei Selbstmörder im vergangenen Jahr, jedoch nicht in Ludwigs Garten. Der eine schlug dicht am Fluss auf, der andere auf der rechten Seite des Flusses, wo die Werkstatt für Landmaschinen war. Er fiel durch das Glasdach, der vierte, der in zwölf Jahren durch das Glasdach gefallen war. Der Besitzer der Werkstatt muss ziemlich wütend gewesen sein. Und jetzt das Mädchen in dem Pfeiler, womit die Brücke also doch irgendwie belebt war, so wie ich es als Kind befürchtet hatte. Das ging mir durch den Kopf und natürlich Vera, die sich so schön angefühlt hatte, ihre Haare, die Haut auf ihren Armen, ja, das habe ich vergessen zu erwähnen, dass meine Hände auch auf ihren Armen lagen, wo ich Haut spüren konnte. Zwei Finger schob ich langsam und nur für wenige Sekunden unter den kurzen Ärmel ihres Kleides, eine Idee von ihrer Schulter, eine Idee.

Ich habe lange darüber nachgedacht, ob ich Ludwig von dieser Begegnung in der Werkstatt erzählen sollte. Es ist immer so schwierig, zwischen Bruder und Schwester, und vielleicht wäre Ludwig zu einer Deutung gekommen, die ganz einfach falsch ist. Es herrschte eine komische Stimmung an diesem Tag, die Nachricht vom Mädchen in der Brücke, das hat uns alle sehr beschäftigt. Ich war mir sicher, dass Ludwig am Ende alles richtig verstanden hätte, aber ich sagte trotzdem nichts. Zu jener Zeit waren wir, denke ich, mit unserem Zwillingsprojekt so weit gekommen, dass man nicht mehr über alles Worte verlieren musste. Die wichtigen Dinge ahnten und wussten wir voneinander.

Übrigens stellte sich nach wenigen Tagen heraus, dass der Vater eines Mitschülers einer der beiden Kidnapper gewesen war. Ich weiß noch, wie der Junge guckte, als ihn seine Mutter von der Schule abholte, der Vater bereits verhaftet, die Nachricht in Windeseile verbreitet, sodass jeder, der auf der Treppe saß oder stand, Bescheid wusste. Wir hatten erwartet, dass der Junge weinen würde, dass er zumindest zerknirscht sei, aber er guckte wie ein König, als er zwischen uns hindurchschritt. Seine Mutter weinte.

Wir redeten lange über diesen Auftritt, als wir nach der Schule beim Griechen waren. Dort waren wir oft, weil beim Griechen der beste Flipper unseres Städtchens stand. Space Patrol hieß er, so ähnlich heißen sie ja alle, aber der hier war wirklich der beste, ein solch dichtes Konzert von galaktischen Tönen und Lichtern bekam man sonst nicht, es blinkte, piepte, blitzte, ratterte und so weiter wie bei einer echten Schlacht im All vielleicht, und wir schossen die Kugel in die Mäuler von Sternenbiestern, die es wahrscheinlich alle auf das blonde Mädchen mit den hohen Stiefeln abgesehen hatten, hohe Stiefel und drei rote Sterne auf den wichtigen Stellen, sonst nichts. Brüste, was für Brüste. Wir tranken jeder ein Wasser, aßen aber nie etwas, weshalb der Grieche immer säuerlich guckte, wenn er uns sah. Aber wie hätten wir Gyros, Moussaka oder Zaziki essen können? Wir fuhren in der Leichtgewichtsklasse, wir durften im Schnitt nicht mehr als 62,5 Kilo wiegen. Wir schafften das, ohne zu hungern, aber fette Speisen aßen wir nicht. Leider war es allerdings so, dass ich mein Gewicht leichter halten konnte als Ludwig. Während wir noch im Winter immer das Gleiche in den gleichen Mengen gegessen und getrunken hatten, musste sich Ludwig schon im Frühsommer ein bisschen beschränken. Er nahm leichter zu als ich. Wir flipperten also und redeten über den Jungen, das heißt, Ludwig sagte diesmal nicht viel. Ich erregte mich sehr über eine solche Herzlosigkeit und bin mir sicher, dass sich für Ludwig die Worte erübrigten, weil er mir voll und ganz zustimmte.

Ludwig wurde erst im Herbst achtzehn, ich im Winter, wir hatten also noch keine Führerscheine und konnten deshalb nicht selbst zu den Regatten fahren. Mein Vater fuhr uns. Mein Vater hatte uns schon zu unserer ersten gemeinsamen Regatta gefahren, als wir zwölf waren. Damals saßen wir in einem Vierer. Beim nächsten Mal ist mein Vater dran, sagte Ludwig. Kurz vor dem Rennen rief er an und sagte, sein Vater sei leider verhindert, er würde aber ganz sicher beim nächsten Mal fahren. So ging es eine Weile, Ludwig konnte sehr wortreich davon erzählen, warum es seinem Vater unmöglich war, diesmal zu fahren. Irgendwann redete er nicht mehr davon. Ich habe seinen Vater nicht bei einer Regatta gesehen. Das war kein Problem, weil sich mein Vater kein Rennen von mir entgehen lassen wollte. Es war allerdings manchmal ein bisschen nervig, mit ihm zu fahren, zumal nachdem er ein zweites Mal geheiratet hatte, eine Kollegin aus der Gardinenabteilung des Kaufhauses, wo er in der Haushaltswarenabteilung Substitut war. Auf den manchmal langen Fahrten redeten sie sehr viel und bis ins Kleinste über dieses Kaufhaus, sodass wir nach der Rückfahrt alles über Bestecke und Tupperware wussten sowie über die Menschen, die Bestecke und Tupperware verkauften und kauften. Mein armer Vater.

Ich verstand Ludwig gut, dass er seit einiger Zeit über Alternativen nachdachte. Am Freitag vor dem fünften Rennen der Saison rief er mich an und sagte, diesmal würden wir nicht mit meinem Vater fahren. Ich solle Sonntagmorgen mit dem Rad zu ihm kommen. Es war nicht ganz leicht, meinem Vater das zu erklären. Ich blieb vage und sprach verrätselt, aber er fragte nicht lange nach, er kündigte an, trotzdem zu kommen. Ich glaube, er war sehr stolz auf mich. Wir hatten die Potsdamer Zwillinge in den ersten vier Rennen geschlagen. Es war eine wichtige Saison für uns, weil am Ende des Sommers die Landesmeisterschaften auf unserem Stausee ausgetragen wurden.

An jenem Sonntag radelte ich in aller Frühe zu Ludwig. Er war schon im Garten, das Auto seiner Eltern fehlte, wie so oft am Wochenende. Sie machten gerne Städtereisen. Was geträumt, fragte Ludwig. Nein, du, sagte ich. Er schüttelte den Kopf. Was ich da gesagt habe, war in gewisser Weise nicht ganz korrekt, da ich davon geträumt hatte, ich läge am Strand auf dem Bauch, jemand säße auf meinem Hintern und träufelte mir heißen Sand auf den Rücken, während ich eine Herde Wale beobachtete. Ich wusste lange nicht, wer dort saß, aber als ich schon ganz mit Sand bedeckt war, tauchte ein Gesicht neben meinem auf, und das war Veras.

Ludwig führte mich in die Werkstatt, wo zwei Motorräder standen, eines ohne Getriebe, das andere eine frisch restaurierte, wie neu aussehende Triumph in Silber. Zwei weiße Helme und zwei schwarze Lederjacken lagen auf dem Sattel. Ludwig rieb sich die Hände, und sein Hals verschwand. Dein Vater wirft uns von der Brücke, sagte ich. Er grinste und zog eine der Jacken an. Wir halfen uns gegenseitig beim Festschnallen der Helme. Dann schoben wir das Motorrad auf die Straße, ich sah Vera am Fenster stehen. Ludwig trat zweimal den Kickstarter. Ich habe das Geräusch der älteren Motorräder immer gemocht, ein dumpfes Blubbern, fast ein Klagelaut, ein Ruf nach Befreiung, im Leerlauf jedenfalls. Ansonsten klangen sie ziemlich hysterisch. Es war ein wunderbares Gefühl, so mit Ludwig durch die Gegend zu fahren. Ein Motorrad passte zu uns, es ist ein Gefährt für zwei, man bewegt sich im Gleichklang, wippt zusammen vor beim Bremsen, zurück beim Beschleunigen, kippt in den Kurven gemeinsam nach rechts oder links.

Ludwig fuhr vorsichtig, aber nicht eben lahm den Hügel hinauf, dann auf die Autobahn und über die Brücke. Ich jauchzte vor Glück, als ich nach rechts und links ins Tal blickte. Die Sonne stand tief, und der Fluss leuchtete metallen wie ein schmales Band Alufolie. Auf der Hinfahrt ging alles gut. Wir gewannen unser Rennen knapp gegen die Potsdamer Zwillinge. Auf der Rückfahrt stoppte uns die Polizei. Plötzlich waren sie hinter uns, schalteten kurz die Sirene an, und dann lasen wir Bitte halten auf dem Dachdisplay. Ludwig fuhr rechts ran, hielt und stieg sofort ab. Die Polizisten stoppten ein paar Meter hinter uns. Dann geschah etwas, das mir, wenn ich mich daran erinnere, noch immer Gänsehaut macht.

Ich war ebenfalls abgestiegen, und ganz unmerklich begann eine Art Ballett. Wir machten kleine Schritte, wir bewegten uns wortlos aufeinander zu, aneinander vorbei, kreuzten und kreiselten, scheinbar zufällig. Als einer der beiden Polizisten uns erreicht hatte, stand jedenfalls ich am Lenker. Wir trugen den gleichen Helm und ähnliche Jacken, wir waren gleich groß, hatten die gleiche Statur, und auch ich bin blond. Kann ich bitte Ihren Führerschein sehen, sagte der Polizist zu mir. Ich habe keinen, sagte ich. Was dann folgte, will ich im Einzelnen nicht beschreiben. Es war nicht so schwer zu ertragen, weil wir die Last teilten. Ludwig musste mit der Wut seines Vaters leben, ich handelte mir zwanzig Sozialstunden ein. Ich arbeitete sie in einer städtischen Gärtnerei ab, Bäume umpflanzen, Erdreich lockern, mir fiel körperliche Arbeit nicht schwer. Unangenehm war nur die Gesellschaft, in der ich mich befand, Jungs aus aller Herren Länder, die wegen Körperverletzung hier waren, die nur von Gewalt redeten und die sich gegenseitig bedrohten mit den Messern, die wir bekommen hatten, um Triebe zu stutzen. Es war schlimm, aber ich stand das gut durch, weil ich wusste, dass es für Ludwig viel schwerer gewesen wäre als für mich. Manchmal konnte er sich schlecht beherrschen, und Dummköpfe wurden dann eben Dummköpfe genannt, was ja eigentlich eine Stärke von Ludwig war, Offenheit, in der städtischen Gärtnerei aber einen Kampf auf Leben und Tod auslösen konnte. Vielleicht, dachte ich manchmal, wenn ich in der Baumschule stundenlang Blutgeschichten und finstere Drohungen gehört hatte, vielleicht rette ich gerade Ludwigs Leben. Dann ging es wieder.

In den Wochen nach unserem Motorradausflug ist eigentlich nicht mehr viel passiert. Das Nächste, was sich zu erzählen lohnt, geschah an so einem

Abend, wie wir damals viele verbracht haben. Wir aßen mit dem Vater und mit Vera, die Mutter hatte Spätschicht, ich habe sie nicht oft gesehen. Wir schwiegen, man sprach wenig in dieser Familie. Zudem lag noch immer Zorn über dem Tisch. Ludwigs Vater hatte ein halbes Dutzend starker Bügelschlösser gekauft und damit alle fahrtüchtigen Motorräder gesperrt. Zahlen musste Ludwig. Nach dem Essen gingen wir auf Ludwigs Zimmer und hörten Radio. Wir taten das oft in dieser Zeit. Um die Schlösser bezahlen zu können, hatte Ludwig seinen Fernseher und seine Stereoanlage verkauft, da war sein Vater gnadenlos. Nun stand ein altes Röhrenradio aus dunklem Holz in seinem Zimmer. Der Lautsprecher in der Mitte war mit hellem Flechtwerk verkleidet, die Senderskala leuchtete grün. Das Beste war der schwere Drehknopf für die Sendersuche, der sich so satt drehte, dass man mit einem Handschwung über die gesamte Skala kam. Der Klang des Radios war dumpf, aber das machte uns nichts, weil wir so gerne den roten Zeiger auf Reisen schickten. So hatten wir in viele Sender hineingehört und bald zwei Lieblingssendungen gefunden. Die eine kam sonnabends am frühen Nachmittag und brachte einen Autotest live. Zwei Männer fuhren mit einem neuen Auto durch die Gegend und unterhielten sich über Schwächen und Stärken. Dabei passierten sie auch eine sogenannte Rüttelstrecke, und wir lachten uns jedes Mal tot, wenn sie versuchten, die Qualitäten der Stoßdämpfer zu bewerten, während das Auto heftig durchgeschüttelt wurde. Ihre Worte kamen stoßweise und abgehackt, und für uns waren die beiden älteren Herren die besten Rapper Deutschlands. Die andere Sendung hieß Roots, Rock und Reggae und erzählte an jedem Montagabend die Geschichte des Reggae. Wir mochten diese Musik, und manchmal tanzten wir sogar. Ich will es ja nicht jedes Mal betonen, aber auch das zeigte, wie weit wir gekommen waren. Tanzen war für Jungs in unserem Alter längst nicht so selbstverständlich wie für Mädchen, und deshalb war es ein besonders glücklicher Moment, als wir eines Abends ohne Worte und nahezu gleichzeitig aufstanden und zum Reggae tanzten, jeder für sich, aber doch gemeinsam.

Ich ging nach Mitternacht, als die Sendung vorüber war. In der Werkstatt brannte Licht, was nicht unüblich war, und ich hatte es mir zur Gewohnheit gemacht nachzuschauen, weshalb noch Licht brannte. Das begann wahrscheinlich nach der Nacht, als man das Mädchen im Pfeiler gefunden hatte. Jedes Mal sah ich Ludwigs Vater vor einem

Motorrad knien und schrauben oder Bowdenzüge verlegen. Er hatte eine ruhige, langsame Art, diese Dinge zu tun. Auch bei ihm spielte meistens ein Radio, ein kleiner Transistor, der an einem Kabel von der Decke hing. Es wurde immer gesprochen, ich hörte nie Musik. Jetzt erinnere ich mich auch noch an ein anderes Geräusch, das ich mit dieser Werkstatt verbinde. Es war ein Surren, das von zwei Leuchtstangen kam, wobei ich weniger das Surren erinnere als das Knacken und kurze Brutzeln, wenn ein Falter an einer dieser Leuchtstangen verbrannte. Sie waren im Sommer ständig von Insekten umlagert, und es knackte und brutzelte ziemlich häufig. Je mehr ich mich erinnere, desto deutlicher werden mir jetzt die Geräusche dieser Werkstatt, die Stimmen aus dem Radio, das Surren, das Knacken und Brutzeln, dazu ein Klicken, wenn Ludwigs Vater mit einem Schraubenschlüssel an einen Zylinder kam. Oft hatte er mir den Rücken zugewandt, und dann setzte ich meinen Weg zum Gartentor, wo mein Fahrrad am Zaun lehnte, wortlos fort. Sah er mich, nickte er mir kurz zu und schraubte weiter. Eine gewisse Verlegenheit konnte er mir gegenüber seltsamerweise nie ablegen.

An dem Tag, den ich meine, war nicht Ludwigs Vater in der Werkstatt, sondern Vera. Sie saß auf dem Hocker und hatte den öligen Kater auf dem Schoß. Sie streichelte seinen Kopf. Ich glaube, er ist krank, sagte sie. Ich machte einen Schritt in die Werkstatt. Was hat er, fragte ich. Sie zuckte mit den Achseln. Sie trug ein dunkelblaues Kleid mit gelben Blümchen. Ihr Haar war kurz, das Gesicht schmal, die Nase spitz. Ich ging zu ihr hin und hockte mich neben sie. Ich streichelte den Rücken des Katers, er öffnete kurz die Augen. Armer Kater, sagte ich, glaube ich. Sein Fell war ziemlich hart, verklebt vom Öl. Er hustete kurz und trocken. Meine Hand auf seinem Rücken, ihre Hand auf seinem Kopf. Es war unvermeidlich, dass sich unsere Hände irgendwann berührten. Ein Kater ist so groß auch nicht. Ich streichelte den Rücken bis zum Nacken, sie den Kopf. Unsere Hände berührten sich ein paarmal, ganz kurz nur.

Ich weiß nicht mehr genau, was dann passierte. Komisch, wie gerade die Dinge, die wichtig geworden sind, in unserer Erinnerung verblassen. Ich weiß zum Beispiel nicht mehr, was mit dem Kater war, ob er von Veras Schoß gesprungen ist oder sie ihn sanft verscheucht hat. Es ist alles so verschwommen. Sicher ist, dass wir uns irgendwann in der Werkstatt gegenüberstanden, sehr dicht, eigentlich haben wir uns umarmt, und meine Hand, ich glaube die rechte, lag auf ihren Rippen, nein, Rippen klingt vielleicht komisch, sie lag unterhalb ihrer Achselhöhle, der rechten Achselhöhle, und zwar so, dass die Spitze des Mittelfingers die beginnende Rundung fühlte, dieses wunderbare Gewölbe unter dem Arm, aber noch wichtiger für das, was ich hier erzählen will, ist vielleicht die Lage des rechten Daumens.

Mein rechter Mittelfinger berührte die Haare unter ihrem Arm. Sie hatte kurze, dichte, geringelte Haare unter den Armen. Da ich das fühlen konnte, war meine Hand also unter ihrem Kleid. Ich hatte den Reißverschluss geöffnet, ein langer Reißverschluss auf dem Rücken, ein wunderbares Geräusch. Öffne ihn nicht, habe ich immer gedacht, öffne ihn nicht, tu's nicht. Ich habe ihn geöffnet. Sie stand reglos da, ihre Augen waren geschlossen, einen BH trug sie nicht. Also, mein Daumen lag erst dicht am Zeigefinger, als meine Hand unter ihrer Achselhöhle ankam. Er löste sich, er wanderte nach links, langsam, sehr, sehr langsam. Wenn man es ganz langsam macht, fühlt man die Haare auf der Haut, und man merkt, dass da überall Haare sind, auch wenn man keine sieht. Ich habe nie etwas anderes gefühlt, das so fein ist wie die Härchen auf Veras Haut. Die anderen Finger folgten dem Daumen, die ganze Hand folgte, und dann spürte der Daumen den Beginn einer Rundung. Die Haut dort ist so weich, manchmal spüre ich noch an meiner rechten Hand, wie weich Veras Haut dort ist. Damals hörte ich dauernd mein eigenes Nein, nein, nicht weiter, hier ist es zu Ende, du darfst nicht, aber die Hand lässt sich nicht aufhalten und wandert weiter, die Rundung entlang, und dann ist da eine Brustwarze, die ist so hart wie ein kleiner Stein, und daran zerschellt das Nein, zerspringt in tausend Stücke, und ich habe es nicht mehr gehört, als meine rechte Hand auf Veras Busen lag. Sie sog zischend den Atem ein, ich hörte einen Käfer brutzeln.

Wir nahmen eine der Decken, die Veras Vater über den Tank legte, damit der Lack nicht zerkratzte, wenn er am Motor schraubte. Wir gingen zum Rand des Grundstücks, wo der Wald beginnt. Es war anders als mit Josefine, wir zogen uns aus, jeder für sich und voneinander abgewandt. Als ich mich umdrehte, kniete sie auf der Decke, die Hände vor ihrem Schoß gefaltet. Sie wollte nicht, dass ich sie berühre. Sie setzte sich auf mich, sie nahm mein Glied, aber führte nur die Spitze ein in ihren Schoß, und eine Weile bewegte sie sich langsam über mir, und dann holte sie sich einen Zentimeter mehr, und wieder bewegte sie sich eine Weile über mir, und ich lag da und sah sie an und roch das Motoröl von der Decke und wartete auf den nächsten Zentimeter. Als ich ganz in ihr drin war, erstarrte sie plötzlich, und es wurde still, sehr, sehr still, und dann sah ich ihre Oberschenkel zittern, kein Geräusch mehr, nur dieses Zittern, bevor sie auf mich niedersank und in meinen Hals biss. Ich schrie auf, und ich weiß bis heute nicht, obwohl ich oft versucht habe, mich zu erinnern, ob im selben Moment ein Laster über die Brücke dröhnte und meinen Schrei verschluckte oder ob er weit in die Nacht hinaus zu hören war.

Danach lag sie neben mir. Es war eine warme Nacht. Wir sahen hinauf zur Brücke, wir hörten das Pfeifen und Rauschen und sahen die Lichter der Autos. Wir haben nicht viel gesagt, vielleicht auch gar nichts.

4

Es begann dann, in der Mitte des Sommers, etwas
sehr Schönes. Als ich eines Tages Ludwig besuchte,
traf ich ihn zu meiner Überraschung in der Werkstatt an. Er war eigentlich nie dort, aber jetzt sah
ich ihn in einer Ecke vor einem Motorrad knien,
einer Triumph T 20 Tiger Cub in hellem Rot, eine
der ältesten Maschinen in der Werkstatt, Baujahr
1959, rostig, mit aufgesprungenen Polstern, fransi-
gen Kabeln und Bowdenzügen, nicht fahrtüchtig
wegen eines Kolbenschadens. Der Besitzer hatte sie
zur Reparatur vor Jahren hier abgestellt und war
nie wieder erschienen, es hieß, er sei einer Vater-
schaft entflohen. Es hieß auch, er sei unter einen
Bus geraten.

Ludwig montierte gerade das vordere Schutz-
blech ab. Ich ging zu ihm und sah zu, wie er sich mit
dem Schraubenschlüssel abmühte. Eine Schraube
war festgerostet, er rutschte immer wieder ab. Seinem Gesicht sah ich an, dass das schon eine Weile

so ging. Ich wusste, dass er seinen Vater nicht gefragt hatte, wie man eine rostige Schraube löst, obwohl sein Vater auch in der Werkstatt war. Er hielt sich eine dunkle Plastikmaske mit einem kleinen Fenster vor das Gesicht und schweißte einen Rahmen. Als er fertig war mit Schweißen, ging ich zu ihm hin und fragte, wie man eine rostige Schraube löst. Er holte eine gelbe Dose mit einer roten Düse und sagte, dies sei ein Rostlöser und wirke innerhalb einer halben Stunde. Er sah mich nicht an. Ich nahm die Dose, ging zum Motorrad und sprühte alle rostigen Schrauben ein. Wir verbrachten den Nachmittag damit, die Triumph auseinanderzunehmen. Ludwig sagte nicht, dass er angefangen hatte, dieses Motorrad zu überholen, damit wir eins hätten, wenn er im Herbst und ich im Winter achtzehn würden. Es war ohnehin klar. Es war eine wunderbare Idee.

Wir verbrachten nun viel Zeit in der Werkstatt, schraubten und dachten dabei darüber nach, was wir nach dem Abitur machen würden. Wir suchten nach einem Beruf, natürlich einen, den wir zusammen ausüben konnten, aber es war nicht leicht, etwas zu finden, das uns gefiel. Uni ist öde, sagte Ludwig, als wir den Zylinderkopf vom Zylinder lösten, und natürlich hatte er vollkommen recht. Für uns war das nichts, noch einmal Jahre in muffigen Räumen zu verbringen, während uns die Zeit draußen überholt. So rätselten wir eine Weile, bis Ludwig plötzlich sagte, wir bauen einen Turm in Asien. Ich wusste sofort, was er meinte. Es hatte damals viele Berichte gegeben, wie man in Asien mit Immobilien eine Menge Geld verdienen konnte, auch als junger Mensch. Es lag daher nahe, das ebenfalls zu versuchen, und kaum war es ausgesprochen, spannen wir uns ein eigenes Projekt zurecht, wobei »spinnen« wahrscheinlich das falsche Wort ist, weil wir solche Dinge ernst nahmen und alsbald absolut sicher waren, dass wir unseren Turm bauen würden. Sorgfältig suchten wir den Ort aus, verwarfen Seoul und Manila, dachten lange an Saigon und einigten uns schließlich auf Hanoi, weil Hanoi noch nicht so erschlossen war, weil es Zukunft hatte. Es war klar, dass unser Turm der höchste der Welt sein würde, also mindestens vierhundertfünfzig Meter hoch, er sollte rund sein und sich nach oben verjüngen wie ein Kamin. Wir wollten, dass er aus dunkelrotem Backstein gebaut würde, mit unverspiegelten Fenstern, keine großen, aber viele, ein klassisch schönes Gebäude, mit Büros und Wohnungen. Ludwig malte den Turm mit Altöl auf eine Zeitung, und die hängten wir in unsere Ecke der Werkstatt. Es war fantastisch, so von unserem asiatischen Turm zu reden, während wir Speichen auf die Felgen zogen oder die Zahnräder des Getriebes einsortierten. Bis tief in den Abend hinein hielten wir uns in der Werkstatt auf, hörten die Käfer und Mücken an den Leuchtröhren verbrutzeln und redeten und redeten. Die oberste Etage sollte natürlich uns gehören, ein riesiges Loft mit Büro, vierhundertfünfzig Meter über Hanoi, über der Welt, die schönsten Sekretärinnen, die man sich denken kann, sagte ich, von einem solchen Turm aus ist alles möglich, sagte Ludwig. Wir verwendeten viel Zeit darauf, uns einen Antrieb für unseren Aufzug zu überlegen, weil er natürlich schnell sein musste, rasend schnell, der schnellste der Welt. Wir dachten über Düsen nach, über Raketen, es war herrlich. Es kam uns leicht vor, das Geld für den Bau zu besorgen, man brauchte ja nicht viel in Hanoi. Es gab Aktien, das Internet, tausend Möglichkeiten, für den Rest gab es Banken. Anderen gelang es auch. Und wir waren zwei, wir waren Zwillinge, zusammen konnten wir alles schaffen.

Leider muss ich sagen, dass Ludwigs Laune im Laufe des Sommers schlechter wurde, ja, dass er schon die Arbeit am Motorrad ein wenig missmutig und ungewohnt schweigsam begonnen hatte. Nur die Stunden, in denen wir im Geiste unseren Turm in Asien bauten, zeigten ihn in halbwegs guter Stimmung. War dieses Thema erschöpft, hatten wir uns zum Beispiel auf Broker, Modelagenturen und Söldnerfirmen als bevorzugte Mieter geeinigt, verfiel er ins Brüten. Ich fing damals an, mir Sorgen um Ludwig zu machen. Es war ja nicht zu übersehen, dass es ihm immer schwerer fiel, unser Idealgewicht zu halten. Er aß höchstens noch zwei Drittel von dem, was ich aß, und er musste mit einem ständigen Hungergefühl leben.

Ich glaube, dass dies der entscheidende Grund für seinen Stimmungswechsel war. Niemals satt zu werden, das kann einen zermürben, ich habe es ja dann später selbst erlebt. Wenig essen, viel trainieren, wahrscheinlich war es diese Kombination, die ihm aufs Gemüt drückte. Wir gingen nicht mehr zum Griechen. Bei dem Scheißgriechenfraß macht einen ja schon der Geruch fett, sagte Ludwig.

Es hat uns beide überrascht, dass wir die Regatta in der Nachbarstadt verloren haben. Im Endspurt zogen die Zwillinge aus Potsdam vorbei und schlugen uns mit einer halben Luftkastenlänge. Wir forcierten das Training.

Trainieren, schrauben, das waren unsere Beschäftigungen in jenem Sommer. Es war sehr viel Arbeit, die alte Triumph wieder in Schuss zu bringen. Wir saßen stundenlang da und kratzten den Rost mit Drahtbürsten vom Lack. Wir brachten Teile zum Lackieren, zum Verchromen, zum Polstern. Wir besorgten neue Kolben, neue Zylinder. Ich ging häufig zu Ludwigs Vater und fragte, wie man dies oder jenes machen müsse. Er gab immer gerne Auskunft, manchmal ein bisschen zu ausführlich. Aber er legte nie selbst Hand an, er kam unserem Motorrad nie nahe, es war, als trenne ein Kreidestrich unsere Ecke der Werkstatt ab, und Ludwigs Vater wusste, dass er ihn nicht überschreiten durfte.

Ich erinnere mich gut, wie wir einmal im Gras saßen und Brems- und Kupplungshebel vom Rost befreiten. Plötzlich hielt Ludwig inne, betrachtete den Bremshebel und sagte, ist es nicht seltsam, dass ein Leben vom richtigen Umgang mit so einem blöden Griff abhängen kann? Ich meine, sagte er, du ziehst im falschen Moment oder ziehst nicht und zack!, komisch, oder? Er schmirgelte weiter. Natürlich hatte er recht, und als er das sagte, kam mir der Gedanke so vertraut vor, als hätte ich ihn zur selben Zeit gedacht. Das war normal für uns.

Ludwig wurde, wenn ich so sagen darf, sehr anhänglich in dieser Zeit. Wir verbrachten ohnehin fast jede wache Minute miteinander, aber manchmal fuhr ich nach der Schule heim und aß mit meiner Mutter, die sehr allein war. Ich glaube, es war nicht lange nach unserer Niederlage, als mich Ludwig fragte, ob das wirklich nötig sei, ob das nicht unser Zusammenwachsen unterbrechen, behindern würde. Ich hatte auch schon darüber nachgedacht und war zu demselben Ergebnis gekommen. Zudem war es nicht gerade angenehm, mit meiner Mutter beim Essen zu sitzen, da sie doch immer wieder auf meinen Vater zu sprechen kam, ohne Zorn übrigens, sie sprach geradezu so, als würde er spätestens zum Abendbrot erwartet, freudig erwartet. Ich hielt das kaum aus, weshalb es sicher richtig war, auf diese Treffen zu verzichten. Allerdings bestand sie darauf, dass ich die Woche über zu Hause schlief. Solange du nicht achtzehn bist, sagte sie. Ludwig war verstimmt, als ich ihm davon erzählte. Er hatte den Vorschlag gemacht, ein zweites Bett in sein Zimmer zu stellen, ein guter, ein konsequenter Vorschlag. Es wäre sicher wunderbar gewesen, noch kurz vor dem Einschlafen von unserem asiatischen Turm zu reden, bei wachsender Müdigkeit, kurz vor den Träumen, wenn das haltlose Schwärmen so viel leichter fällt. Wir hatten beschlossen, ihn doch auf fünfhundert Meter wachsen zu lassen. Damit es den anderen nicht so leichtfallen würde, uns zu übertrumpfen. Oben sollte unsere Fahne wehen.

Mit der Arbeit an unserer Triumph kamen wir sehr gut voran. Wir hatten alle Teile neu gekauft oder wieder in Schuss gebracht, und jetzt begannen wir mit dem Zusammenbau. Es war ein wunderbares Gefühl, einen blitzenden Motor in einen frisch lackierten Rahmen zu hängen und festzuschrauben. Wir waren mit der Zeit gute Mechaniker geworden und brauchten den Rat von Ludwigs Vater kaum noch. Wenn Vera in die Werkstatt kam, nickten wir uns nur kurz zu. Sie blieb vorne bei ihrem Vater und sah ihm bei der Arbeit zu.

Ludwig legte sich meist gegen Mitternacht schlafen, nachdem wir noch eine Weile Radio gehört hatten. War ich mir sicher, dass sein Vater nicht mehr in der Werkstatt arbeitete, ging ich aus dem Haus und, wie ich erwartet hatte, sah ich in der Werkstatt Licht brennen. Seitdem wir zum ersten Mal miteinander geschlafen hatten, wartete Vera häufig auf mich, eigentlich jede Nacht, wenn ich es recht bedenke. Sobald sie mich sah, nahm sie mich in den Arm, küsste meine Lippen. Mir war das nicht so recht, die Werkstatt war ein Raum, den ich mit Ludwig teilte, aber ich ließ es geschehen. Wir sagten nichts, bis wir miteinander geschlafen hatten. Ich sagte auch danach kaum etwas, aber sie redete viel. Ich hörte ihr gerne zu. Manchmal kam der Kater, setzte sich einen Meter von uns entfernt ins Gras und sah uns an. Sitzende Katzen können etwas sehr Strenges haben. Sie sind so gerade, so reglos. In sitzenden Katzen kann man leicht einen Vorwurf sehen. Es war nicht leicht, Otto einfach aus dem Bewusstsein zu streichen, weggucken zum Beispiel nützte nichts, denn manchmal wehte der Wind einen Ölhauch von ihm zu uns herüber. Die Decke roch nicht mehr, Vera hatte sie gewaschen.

Ich hatte das Gefühl, dass Vera jedes Mal ein bisschen größer war, sie wuchs noch. Sie wollte groß sein, aber eigentlich wartete sie, dass ihre Brüste voller wurden, manchmal passiert es spät, sagte sie und umfasste dabei mit einer leichten Drehbewegung erst ihre rechte Brust, dann ihre linke. Findest du, dass sie größer geworden sind, fragte sie mich. Ich glaube schon, sagte ich. Fühl mal, sagte sie. Ich legte meine Hand auf ihre rechte Brust, auf ihre linke. Ja, ein bisschen, sagte ich. Du lügst, sagte sie. Wenn sie nicht mehr wachsen, ist es auch nicht schlimm, sagte sie. Hauptsache, sie sind schön geformt. Ja, sagte ich. Findest du, dass sie schön geformt sind, fragte sie. Sehr schön, sagte ich, und das stimmte auch. Sie waren fast kreisrund. Sie waren nicht so gut geeignet, den Kopf zwischen sie zu legen, aber sie fühlten sich schön an, hart und weich zugleich. Außerdem mochte ich den Leberfleck. Wenn sie noch wachsen, habe ich eine Traumfigur, sagte Vera, lange Beine und große Brüste, das ist selten. Du hast jetzt schon eine Traumfigur, sagte ich. Stimmt, sagte sie. Ist auch egal, sagte sie, weißt du was, ich will auch in euren Turm in Asien. Es war immer so mit ihr. Wenn wir miteinander geschlafen hatten, lag sie nur kurz still auf der Decke, dann fiel ihr irgendwas ein, und sie redete ziemlich viel, aber nie so, dass ich ihr einfach zuhören konnte, sie fragte auch eine Menge.

Wie hoch wird er jetzt, fragte sie. Fünfhundert Meter, sagte ich. Wie viel höher als die Brücke ist das, fragte sie. Ich weiß nicht, sagte ich. Wir schauten beide hoch zur Brücke. Ich mochte das, diese weißen Schimmer von den Scheinwerfern, sie bewegten sich wie Züge aus Licht. Vielleicht achtmal höher, sagte ich. Ich will die Etage unter euch, sagte sie, also die zweithöchste, die Jungs müssen natürlich ganz oben wohnen, ist ja klar. Sie konnte ziemlich schnippisch sein. Aber weißt du, sagte sie, ich find den Turm zu düster, dunkelroter Backstein, keine großen Fenster. Warum macht ihr ihn so düster? Weiß nicht, sagte ich, er gefällt uns so. Na ja, vielleicht mach ich eine Schleife um meine Etage, sagte sie, eine gelbe. Wie lang muss das Band wohl sein? Weiß nicht, sagte ich. Ich wollte keine Schleife um unseren Turm in Asien. Ich werde meine Etage ganz toll herrichten, sagte sie, keine Wände, nicht eine Wand, nicht einmal am Klo, und ganz wenig Möbel, ein Bett und ein Schrank, ein Tisch und ein Stuhl, das reicht, aber viele Blumen und Pflanzen. Gibt es Schlingpflanzen in Hanoi, fragte sie. Oder Efeu? Efeu wäre doch toll, wir lassen den ganzen Turm zuwachsen, dann sieht er nicht mehr so düster aus. Ich hätte gerne Schildkröten, sagte sie, viele, sie sollen frei herumlaufen zwischen den Blumen und Pflanzen, wie findest du das? Wieso Schildkröten, fragte ich. Sie setzte sich auf mich. Sie sind so langsam, sagte sie. Kommst du mich mal in meiner Etage besuchen, fragte sie, nachdem ihre Oberschenkel gezittert hatten.

Ich mochte solche Fragen nicht. Der Turm in Asien war eine Sache zwischen Ludwig und mir. Ich hatte nichts dagegen, dass Vera auch davon träumte, es war sogar ganz schön, sich vorzustellen, wie sie dort mit ihren Pflanzen und Schildkröten knapp fünfhundert Meter über der Welt leben würde. Aber ich wollte nicht, dass sie von dem Turm und mir zusammen sprach. Ich kann mich nicht mehr daran erinnern, was ich auf ihre Frage gesagt habe, wahrscheinlich nichts, und sie, denke ich, hat nicht weiter gefragt, weil ich sie zu mir runterzog und ihre Brüste küsste. Vielleicht hat sie mich auch gebissen. Sie hat es nie lassen können, mich zu beißen, wenn ich mich gerade erholte, und ich habe es selten geschafft, einen Schrei ganz zu unterdrücken. Manchmal wurde er von einem Laster verschluckt, manchmal nicht.

Ich hatte ein paar Dinge mit Vera klären müssen. Nachdem ich zum ersten Mal mit ihr geschlafen hatte, war es natürlich merkwürdig, sie am nächsten Tag in der Schule zu sehen, zumal ich mit Ludwig zusammenstand. Wir grüßten uns mit einem Nicken, so wie wir es immer taten. Ich war froh, als das überstanden war, alles ganz normal. Umso ärgerlicher war ich in der nächsten kleinen Pause, als mir die füllige Flavia, Veras beste Freundin, einen Zettel überreichte. Ludwig war nicht in der Nähe. Maybe kiss?, stand auf der einen Seite des Zettels, Physikraum auf der anderen. Ich ging nicht hin. Ich wollte das so nicht. Man musste da sehr genau trennen. Ich glaube, dass ich ihr das habe klarmachen können. Wir trafen uns nur in den Nächten, wenn ich Zeit mit ihr nicht auf Kosten von Zeit mit Ludwig verbrachte, sondern auf Kosten meiner Schlafzeit. Dagegen, denke ich, konnte niemand etwas haben.

Vera hat mich oft ganz schön überrascht. Zum Beispiel sagte sie mir in einer unserer Nächte, als sie ein bisschen von ihrer Freundin Flavia erzählt hatte: Mit Flavia ist es auch sehr schön. Was, fragte ich. Vera gab mir einen zärtlichen Kuss auf die Lippen. Es begann zu regnen. Wir hatten keine Wolken gesehen, es war eine Nacht ohne Mond, und jetzt begann es plötzlich zu regnen. Wir zogen uns rasch an, ich gab ihr einen Kuss, und wir trennten uns. Auf der Rückfahrt, bei der ich ziemlich nass wurde, habe ich viel über den Satz von Vera und ihren Kuss nachgedacht. Hieß das nicht, dass sie auch mit Flavia ins Bett ging, und das konnte ich mir ehrlich gesagt kaum vorstellen, Vera mit der fülligen Flavia im Bett. Ich wusste, dass das bei Mädchen irgendwie normaler ist als bei uns, aber beim nächsten Mal mit Vera war es dann schon komisch, weil ich sie nicht mit mir sah, sondern mit der fülligen Flavia, wobei ich nicht sagen will, dass das eine wirklich unangenehme Vorstellung war, ein bisschen komisch halt. Hinterher fragte ich sie, ob sie wirklich mit Flavia und mir ins Bett geht. Mit dir, sagte sie, gehe ich ja nicht ins Bett, mit dir treffe ich mich auf einer Decke unter einer Brücke. Sie konnte wirklich ziemlich schnippisch sein. Es war ja auch egal, ich dachte nicht mehr über Flavia nach, höchstens, dass es mir manchmal noch kurz einfiel.

Leider ist es eines Tages zu einer hässlichen Szene gekommen, von der ich nicht gerne erzähle, aber sie gehört zu jenem Sommer, und deshalb muss es sein. Ludwig und ich hatten sehr hart trainiert, wir waren so lahm, dass wir für den Rückweg das Schiff der Weißen Flotte nahmen. Schweigend saßen wir in der ersten Bankreihe und ließen uns vom Wind kühlen, schöne Momente sind das übrigens, wenn man gemeinsam erschöpft ist, und dann, beim Haus unter der Brücke angekommen, gingen wir gleich in die Werkstatt, wo wir etwas sahen, das wir bis dahin nie gesehen hatten: Vera saß auf unserer Triumph und drehte am Gasgriff, der noch gar nicht mit dem Vergaser verbunden war. Die Erinnerung an das, was dann geschah, lässt mich wieder schaudern, weil ich einen geliebten Menschen außer Kontrolle erleben musste. Ludwig stürzte durch die

Werkstatt, packte seine Schwester an den Schultern und riss sie von der Tiger Cub. Dabei fiel das Motorrad um, fiel auf Vera, für die das aber ein Glück war, denn so war sie halbwegs geschützt vor den Schlägen und, das muss ich leider auch sagen, Tritten ihres Bruders. Nur mithilfe des Vaters, der einen Auspuff ausgebrannt hatte, gelang es mir, Ludwig von seiner Schwester zu lösen. Ich zog ihn hinaus, und auf der Wiese vor der Werkstatt sprang er mich sofort an, und wir kämpften ewig, ohne dass einer die Oberhand gewinnen konnte. Schließlich gaben wir beide gleichzeitig erschöpft auf. Wir haben uns bald wieder vertragen, und die Länge und Härte unseres Ringens sowie die exakt gleichzeitige Erschöpfung nahmen wir als neuerlichen Beweis, wie sehr wir uns angeglichen hatten. Ich denke auch, dass ich Ludwigs Attacke gegen Vera richtig einschätze, wenn ich sage, dass sich zwischen Bruder und Schwester häufig etwas aufstaut, was sich eines Tages plötzlich entlädt. Das ist ganz normal, weshalb ein solches Ereignis auf den ersten Blick schlimmer wirkt, als es tatsächlich ist.

Je weiter der Sommer voranschritt, desto stiller wurde es zwischen Ludwig und mir. Einerseits verlangte der Zusammenbau eine Menge Konzentration, andererseits ging es Ludwig wirklich nicht gut. Wenn jemand redete, dann ich. Wenn jemand schraubte, dann ich. Ludwig saß meist im Schneidersitz neben unserer Triumph und sah mir zu. Drehte ich mich zu ihm, sah ich, dass er nicht meine schraubenden, feilenden, hämmernden Hände betrachtete, sondern mein Gesicht. Sein einziger Satz, an den ich mich aus jener Zeit erinnere, war ein sehr treffender, schöner Satz. Ein Motorrad, sagte Ludwig, ist wie ein Zweier ohne, zwei Leben, ein Schicksal. Deshalb passt es auch so gut zu uns, ergänzte ich, fast gerührt, wenn mich mein Gedächtnis nicht täuscht.

Am Tag, als ich den Krümmer und das Auspuffrohr verlegte, hatten wir eine Stunde und länger kein Wort gewechselt, bis mir einfiel, dass wir lange nichts mehr zu unserem Turm in Asien gesagt hatten, und um das Projekt nicht aus den Augen zu verlieren, schlug ich vor, unter unserem Turm eine Tiefgarage anzulegen, die tiefste Tiefgarage der Welt. Ich wusste, dass Ludwig an solchen Sachen viel Gefallen fand, und er kam mir gerade in letzter Zeit sehr missmutig vor, er brauchte etwas Aufmunterung. Ich versuchte also, einen Auspuff an einen Krümmer zu schrauben, was knifflig war, weil die Teile nur halbwegs zueinander passten, und erzählte dabei, dass unsere Tiefgarage vierzig Untergeschosse haben müsste, weil im höchsten Turm der Welt sehr viele Leute leben und arbeiten würden. Vierzig Untergeschosse, rechnete ich vor, würden mindestens hundertvierzig Meter tief in die Erde gehen, also wäre ein gewaltiges Loch zu graben. Am schönsten fand ich eigentlich den Gedanken, von ganz unten nach oben zu fahren, weil mir das schon in normalen Parkhäusern gefiel, die Serpentinen, mit denen die Etagen verbunden waren. Das gab so ein angenehmes Gefühl im Bauch, wenn man hinauf- oder hinabfuhr. Ich glaube, dass ich gerade davon erzählt habe, wie wir von der tiefsten Ebene mit unserer Triumph nach oben fahren würden, schnell natürlich, als mich Ludwig plötzlich unterbrach. Hör doch mal auf, sagte er, von diesem Scheiß-Schlitzaugenturm zu labern. Im ersten Moment war ich ein bisschen verletzt, aber dann wurde mir rasch klar, dass er eigentlich recht hatte, weil die Idee vom Turm in Asien vielleicht doch zu kindisch war für unser Alter. Er hätte das etwas netter sagen können, aber man muss bedenken, dass er in dieser Zeit kaum noch aß. Meist hatte er trotz seiner Diät bis kurz vor der Regatta ein, zwei Kilo mehr als ich und musste abkochen, laufen mit zwei Trainingsanzügen übereinander, anschließend Sauna. Wir gewannen eine Regatta, verloren die nächste. Dann waren es noch drei Wochen bis zum Landesentscheid auf unserem Stausee. Über den Turm in Asien haben wir nicht mehr geredet. Nur Vera kam manchmal noch darauf zu sprechen, erzählte von den Pflanzen und Schildkröten und wollte mal eine gelbe Schleife und mal eine grüne. Ich sagte nichts. Wenn ich mich richtig erinnere, war ich in jenen Tagen selbst ziemlich mürrisch und verschlossen.

Am meisten hatte darunter meine arme Mutter zu leiden. Sie sah mich nur noch beim Frühstück, weil sie längst im Bett war, wenn ich nachts nach Hause kam. Seit einiger Zeit schnarchte sie ein bisschen, was ich wusste, weil sie die Tür zu ihrem Schlafzimmer immer ein Stück weit offen ließ. Sie schlief nur halb, solange ich nicht zu Hause war. Ich bin dann immer in Sorge, sagte sie mehr als einmal beim Frühstück, und ich hörte den Vorwurf. Ich sagte nichts, ich kann mich ohnehin nicht an ein einziges Wort erinnern, das ich in jener Zeit zu meiner Mutter gesagt habe. Vielleicht habe ich tatsächlich nie etwas gesagt. Sie arbeitete wieder in der Kaufhalle, aber nicht in der Gardinenabteilung, sondern bei der Damenoberbekleidung. Meinen Vater und seine

Freundin sah sie häufig in der Kantine, manchmal tranken sie miteinander Kaffee. Mich ärgerte das. Mich ärgerte das meiste, was meine Mutter zu mir sagte. Es fing ja schon morgens an, wenn ich dieses Johann, aufstehen, hörte, so richtig nett gesagt, während ihre Hand über meine Wange strich.

Einmal sah ich sie nachts. Das war so gegen drei, ich hatte noch nicht lange geschlafen, wegen Vera, und wurde wach, als das Telefon klingelte. Ich sprang sofort aus dem Bett, weil das nur Ludwig sein konnte, und er war es wirklich. Er hatte hin und wieder nachts bei uns angerufen, weil ihm noch etwas eingefallen war, was er unbedingt loswerden wollte, zum Beispiel, dass unser Turm in Asien statt in Hanoi auch in Rangun stehen könne, der Hauptstadt von Birma. Aber das lag schon länger zurück.

Es war Ludwig. Johann, sagte er, zieh dich an und komm sofort zu mir. Er klang hellwach. Ist etwas passiert, fragte ich, aber das war eine dumme Frage, weil ich hören konnte, dass nichts Schlimmes passiert war. Ich meinte, sogar Begeisterung aus seiner Stimme zu hören. In diesem Moment kam meine Mutter aus dem Schlafzimmer. Ist etwas passiert, fragte ihr Blick. Sie trug einen Schlafanzug mit Streifen, ihre Haare waren so spärlich, dass ich mich fragte, ob sie tagsüber eine Perücke trug. Sie tat mir leid in diesem Moment. Vielleicht tat auch ich mir leid, ich weiß nicht mehr genau. Ich wollte keine alte Mutter haben, und in diesem Moment wusste ich, dass ich eine alte Mutter hatte. Das war neu, dass uns das Alter unserer Eltern wichtig war. Wir hatten uns nie darum gekümmert, und auf einmal fingen wir an, in der Schule vom Alter unserer Eltern zu reden. Wer junge Eltern hatte, galt plötzlich etwas, vielleicht weil wir annahmen, dass junge Eltern wie Freunde waren oder einfach weniger peinlich. Wir waren in einem Alter, in dem Eltern fast nur peinlich waren. Zum Beispiel wenn jemand eine Party machte, konnte man sicher sein, dass bald seine Eltern kommen würden, um zu tanzen. Sie tanzten dann, wie niemand sonst tanzte, und merkten nicht, dass sie peinlich waren. Ich habe eine Menge Eltern auf Partys tanzen gesehen und kenne die Gesichter von Kindern tanzender Eltern. Es war schlimm, vor allem bei alten Eltern. Meine Mutter hat mir das erspart, aber sie hatte sehr dünnes Haar, wie ich in jener Nacht sehen konnte. Ich nahm mir vor, mich nicht mehr mit ihr sehen zu lassen. Wir waren manchmal ganz schön grausam.

Ich versuchte sie mit Blicken und Gesten zu beruhigen, während Ludwig auf mich einredete. Okay, sagte ich und legte auf. Es war Ludwig, sagte ich zu meiner Mutter, ihm ist noch was eingefallen. Um drei, fragte sie. Alles okay, Mutter, sagte ich, geh wieder ins Bett. Ist das nicht seltsam, dass man irgendwann anfängt, seine Eltern ins Bett zu schicken? Und ist es nicht noch seltsamer, dass sie es befolgen? Meine Mutter ging zur Toilette, dann ins Bett. Ich zog mich an und wartete in meinem Zimmer, bis ich ihr leises Schnarchen hörte.

Ludwig empfing mich am Gartentor. Es ging ihm so gut wie lange nicht mehr, ich sah es gleich. Er nahm mein Fahrrad und schob es auf das Grundstück. Endlich, endlich, sagte er. Was ist denn los, fragte ich. Komm, sagte er, es ist etwas passiert. Er führte mich zum anderen Ende des Grundstücks, er trabte fast. Ich sah, dass dort, wo der Wald begann, jemand lag. Ich blieb stehen. Vera, dachte ich. Es war eindeutig ein menschlicher Körper, aber er regte sich nicht. Ludwig, sagte ich, was ist das, wer liegt da? Fast hätte ich gefragt, was hast du getan, aber sofort fiel mir ein, dass er so etwas nicht tun würde. Er war mein Bruder. Komm, sagte er, komm näher. Wer ist das, fragte ich. Ich weiß nicht, sagte Ludwig. Ist sie ... ist er tot, fragte ich. Tot, ja, ganz tot, komm doch. Ich machte zwei Schritte auf den Körper zu. Ich sah, dass es ein Mann war, kurze

Haare, kleiner als wir. Er lag nicht wirklich, er kauerte mehr, Gesicht zum Boden. Ein Bein war angezogen, eins gestreckt, der Hintern ein bisschen er-
höht, der Rücken machte eine Kurve, stärker, als
möglich schien. Vor einer halben Stunde ist er gesprungen, sagte Ludwig, ich habe den Aufprall gehört und bin gleich raus, die anderen schlafen. Bist
du sicher, dass er tot ist, fragte ich. Wer von da oben
springt, muss tot sein, sagte er. Ich sah hinauf.
Lichtzüge in rascher Folge. Hast du die Polizei ge-
rufen, fragte ich. Schau nur, wie merkwürdig er daliegt, sagte Ludwig. Er ging bis auf einen Schritt an
die Leiche heran. Eine Weile sagte niemand etwas,
ein Auto Richtung Westen, eins Richtung Osten.
Komm, wir setzen uns hierhin, sagte Ludwig. Er
setzte sich in den Schneidersitz, Gesicht zur Leiche.
Er beugte sich vor, stützte die Ellbogen auf die Un-
terschenkel, legte das Kinn auf seine Hände. Wie er
wohl heißt, fragte er. Weiß nicht, sagte ich. Nun setz
dich doch, sagte er. Ich hockte mich hinter ihn, saß
auf meinen Waden. Meinst du, fragte ich, wir sollten hier so sitzen, wenn die Polizei kommt. Warum
er wohl gesprungen ist, fragte Ludwig. Vielleicht
hat ihn seine Freundin verlassen, vielleicht war
sein Leben einfach nur öde, vielleicht ist er todkrank, sagte er. Todkrank, stell dir vor, wenn dir

einer sagt, dass du todkrank bist, dass bald alles wehtut, Rollstuhl und die ganze Scheiße. Ein Laster fuhr über die Brücke. Obwohl, krank sieht er eigentlich nicht aus, sagte Ludwig. Wann kommt die Polizei, fragte ich. Die Polizei hat kein Verständnis für so was, sagte Ludwig. Du hast nicht angerufen, sagte ich. Ich hab dich angerufen, sagte er. Wir schwiegen. Einen Moment dachte ich, der Tote hätte sich bewegt, aber das konnte natürlich nicht sein. Ist es nicht erstaunlich, wie er daliegt, sagte Ludwig, so still, so reglos, hast du je einen Menschen so reglos gesehen? Ich nicht, sagte er. Auch wenn man schläft, bewegt man sich ein bisschen, atmet, schnarcht, aber der hier, der ist wirklich ganz still. Ruf bitte die Polizei, sagte ich. Jetzt hör mal zu, sagte er, ich habe ewig darauf gewartet, dass etwas passiert, und nun ist etwas passiert, etwas Großes, der Tod ist eine große Sache, das weißt du. Ein Toter kann uns etwas sagen, und das lass ich mir nicht von der Polizei versauen. Die Polizei versteht nichts. Der Tote gehört uns, nur uns, dir und mir. Wir werden hier noch oft sitzen, und es wird uns gut gehen. So ungefähr hat Ludwig es, glaube ich, gesagt. Er hockte mir gegenüber, seine Hände lagen auf meinen Schultern, sein Griff war sehr fest.

Ich nickte. Seine rechte Hand gab mir einen Klaps auf die Schulter. Dann stand er auf. Okay, sagte er, fahr jetzt nach Hause, ich treffe hier noch ein paar Vorbereitungen. Ich stand auf, betrachtete noch einmal den Toten. Mir fiel auf, dass er kurze Hosen trug. Wieso das, fragte ich mich. Warum trägt jemand kurze Hosen? Ich sah sein Gesicht nicht, aber er sah nicht aus wie ein Kind, er war zu groß. Ich ging dann. Am Gartentor drehte ich mich noch einmal um und sah Ludwig den Toten unter die Bäume ziehen.

Am nächsten Morgen in der Schule redeten wir nicht über den Toten. Aber ich glaube, dass wir beide unter einer gewissen Spannung standen, eine Spannung, die uns verband, wie uns nichts anderes je verbunden hatte. Wir waren jetzt die Hüter eines Geheimnisses, aber nicht eines Geheimnisses, wie es Leute unseres Alters ständig mit sich herumtragen, wichtigtuerisch, muss man wohl sagen. Wir hatten ein echtes Geheimnis miteinander, teilten das Wissen um eine Ungeheuerlichkeit, einen Toten im Wald, einen Toten in kurzen Hosen, und da konnte uns noch weniger als sonst bekümmern, wenn sich unser Politiklehrer hoffnungslos verhedderte, als er uns die aktuellen Machtverhältnisse auf dem Balkan erläutern wollte. Wir sahen uns kurz an, wir lächelten. Am Nachmittag fuhren wir Langstrecke, und dann verbrachten wir viel Zeit mit unserer Triumph, verlegten den Kabelbaum.

Am Abend hörten wir Radio. Nach elf horchte Ludwig häufig an der Tür, weil er wissen wollte, wann sein Vater endlich ins Bett gehen würde. Nach Mitternacht schlichen wir uns die Treppe hinunter. Ich hatte Sorge, Vera könne in der Werkstatt auf mich warten, und wirklich brannte dort Licht. Ludwig sah es nicht oder sah es und dachte, sein Vater schraube immer noch. Wir gingen dorthin, wo der Wald begann, und Ludwig zog den Toten aus dem Unterholz hervor. Zum ersten Mal sah ich sein Gesicht. Es war breit, die Nase irgendwie rund, ihm fehlten ein paar Zähne. Seine Haare waren über die Ohren gewachsen und lagen merkwürdig ordentlich. Ich fragte mich, ob Ludwig ihn gestern noch gekämmt hatte.

In jener Nacht saßen wir bis zum Morgengrauen bei unserem Toten. Man darf sich da nichts Falsches vorstellen. Uns war nicht feierlich zumute, nur am Anfang vielleicht, als Ludwig noch einmal von unserer Freundschaft sprach und der Gleichheit, zu der wir es gebracht hatten, und dass uns der Tote sagen würde, wie wichtig das ist, so zusammenzuhalten. Wir seien Zwillinge, und jetzt sei der Tote hinzugekommen, aber das würde nichts ändern, höchstens, dass wir uns noch fester verbinden würden, weil wir ihn miteinander teilten, und was man teile, das verbinde, während das, was jeder für sich haben wolle, trenne. So ging das die erste halbe Stunde, als ich noch etwas angespannt neben dem Toten mit der kurzen Hose saß, nicht direkt neben ihm, sondern ein, zwei Meter entfernt, im Schneidersitz wie Ludwig. Ich fand, dass er das gut gesagt hatte. Dann änderte sich die Stimmung. Es kommt einem vielleicht komisch vor, aber bald waren wir heiter, sogar fröhlich, und mussten uns gegenseitig ermahnen, nicht laut zu lachen. Es begann damit, dass, nachdem eine kleine Pause eingetreten war, Ludwig fragte, warum der Tote wohl kurze Hosen trage. Ihm war das natürlich genauso aufgefallen wie mir. Wir dachten immer über dieselben Dinge nach, auch wenn es scheinbar Kleinigkeiten waren. Der Tote trug kurze Hosen aus hellem Cord, sogar mit Gürtel. Es war gar nicht so leicht, uns Gründe vorzustellen, weil es eigentlich keinen Grund gibt, eine kurze Hose zu tragen, die Hitze alleine ist ja kein Grund. Wir rätselten herum, und es ist erstaunlich, wie aus der Suche nach dem

Grund für eine kurze Hose die Vorstellung von einem ganzen Leben erwächst. Wenn die Hitze ein Grund sein kann, dann höchstens für jemanden, der sich den ganzen Tag im Freien aufhält, und wer tut das schon außer Bauarbeitern und Bauern. Wir entschieden uns dafür, dass er ein Bauer war, es gab ein paar Bauern in unserer Gegend. Tatsächlich war etwas Bäuerliches in seinem Gesicht. Damit war klar, dass er keine Frau gehabt hatte, weil Bauern keine Frauen mehr kriegten, womit auch klar war, warum er sich umgebracht hatte. Er war einsam, er hielt das nicht mehr aus, den ganzen Tag im Stall und auf den Feldern und keine Frau. Wir waren eine Weile still, weil er uns leidtat, es war traurig, sich vorzustellen, wie er abends in seiner Bauernstube saß, müde von der Arbeit und einsam. Ich glaube, dass ich es dann war, der sagte, Bauern bekommen wahrscheinlich auch keine Frauen, weil sie kurze Hosen tragen. An dieser Stelle begannen wir zu kichern und kamen in eine alberne Stimmung, die uns nicht mehr losließ. Männer in kurzen Hosen, sagte Ludwig, sitzen sowieso immer breitbeinig da, und man sieht ihren Sack, und das mögen Frauen nicht. Vielleicht erscheint das unpassend, so über einen Toten und in der Gegenwart eines Toten zu reden, aber ich fühlte mich damals nicht schlecht und tu es auch heute nicht. Es war einfach so. Wenn ich allerdings daran denke, wie ausgelassen wir bald waren, kommt es mir nicht unmöglich vor, dass die Verwesung des Toten eine Art Lachgas freisetzte.

Wir malten uns aus, dass er seinen kleinen Bauernhof ökologisch bewirtschaftet hat, auch nett zu den Schweinen gewesen war, und sich tagsüber gar nicht so schlecht gefühlt hat, weil er wusste, dass er alles richtig machte und ein guter Mensch war, aber das nützte ihm nichts, wenn er abends in seiner Bauernstube saß, Bier trank und ständig Fußballspiele guckte, sogar zweite Liga. Und dann rief jemand an, und er dachte, dass sei vielleicht die Blonde, die er auf dem Landjugendfest gesehen hatte, aber es war nur der stellvertretende Vorsitzende vom Züchterverband. Ludwig brach ein bisschen die Stimme, als er das sagte, und auch ich hatte, glaube ich, Tränen in den Augen.

Insgesamt aber fühlte ich mich sehr wohl, als ich dort mit Ludwig bei dem Toten saß. Ich wollte nicht, dass diese Nacht zu Ende geht, zumal wir den Toten bald lebendig werden ließen und uns vorstellten, wie er mit uns leben würde. Wir wollten ihn mitnehmen in unseren Turm in Asien, als Bauer konnte er sich dort nützlich machen, weil Bauern auch

gute Handwerker sind. Es war göttlich, sich auszu-
malen, wie er Hausmeister in unserem Turm sein
würde, in kurzen Hosen die Treppen auf und ab
liefe und die kleinen Vietnamesen vor sich her-
scheuchte. Wir konnten ihn gut gebrauchen, und
wir mochten ihn.

Wir merkten kaum, dass es heller wurde. Irgendwann registrierten wir, dass der Verkehr auf der
Brücke zugenommen hatte. Wir lagen da schon eine
Stunde schweigend im Gras, jeder seinen Gedanken
nachhängend. Wahrscheinlich waren es die gleichen Gedanken, Gedanken an eine uns freundlich
gesinnte Zukunft. Als es fast hell war, zog Ludwig
unseren Bauern ins Gehölz.

Leider begann der Tote schon in der folgenden
Nacht zu stinken. Es war heiß am Tag, und auch
nachts kühlte es nicht richtig ab. Ein süßlicher Geruch, der einem leicht eklig wurde, ging von ihm
aus. Wir versuchten noch einmal, die Stimmung von
der Nacht davor zu beleben, aber mit diesem Geruch in der Luft konnte es nicht gelingen. Wir waren
nicht fröhlich. Ludwig erzählte düster von der Sinn-
losigkeit einer Welt, in der man nicht mit den Toten
leben kann, und ich weiß nicht, ob ich, der eigentlich alle Gedanken mit ihm teilte, genau verstand,
was er meinte, vielleicht unterbewusst. Bald ver-

siegte das Gespräch, und wir saßen schweigend neben dem Toten, der deutlich schlechter aussah als in der Nacht davor. Älter sah er aus, viel älter. Was machen wir jetzt mit ihm, fragte ich, als sich der Verkehr auf der Brücke belebte. Ludwig sagte nichts. Traurig fuhr ich nach Hause.

Als wir am nächsten Tag die Kette über die Zahnräder legten, hielt ein Polizeiwagen vor dem Grundstück von Ludwigs Eltern. Wir waren draußen, hatten das Motorrad wegen der Hitze unter das Dach geschoben. Zwei Polizisten stiegen aus und gingen zum Gartentor, wie Polizisten immer gehen, langsam, breitbeinig, dazu Gesichter, als wüssten sie ungeheuer viel, dürften aber nichts erzählen. Die Bullen, rief Ludwig in die Werkstatt. Sein Vater kam heraus, wischte dabei seine öligen Hände mit einem öligen Lappen ab. Ich spürte, dass er nervös war. Er ging zum Gartentor, und wir folgten ihm. Einer der Polizisten sagte, dass ein Mann vermisst würde, und da häufig Leute in diesen Garten gesprungen seien, wollten sie mal hören, ob wir etwas Ungewöhnliches bemerkt hätten. Ich hatte plötzlich Sorge, man könne den Toten bis zum Gartentor riechen und begann zu schnüffeln, ziemlich auffällig zu schnüffeln, hat mir Ludwig später gesagt, aber die Polizisten merkten nichts. Hier ist keiner gelandet, sagte Ludwigs Vater und tauschte weiter Öl von seinen Händen gegen Öl vom Lappen. Manchmal springen sie drüben in die Landmaschinenwerkstatt, sagte er noch. Könnte es sein, fragte einer der Polizisten, dass einer da vorne ins Gebüsch springt und Sie das nicht merken? Wenn hier einer springt, merken wir das, sagte Ludwigs Vater, vor allem mein Sohn hat noch jeden, der gesprungen ist, gehört. Hab nichts gehört, sagte Ludwig. Die Polizisten guckten sich an, und ich sah, wie erleichtert sie waren, auch beim anderen die Unlust zu entdecken, ins Gebüsch zu kriechen und einen Toten zu suchen. Dann fragen wir mal in der Landmaschinenwerkstatt, sagte einer der Polizisten. Sie wollten gehen, aber Ludwig hatte noch eine Frage. Was suchen Sie denn für einen? Einen Bauern, sagte der Polizist, der die ganze Zeit gesprochen hatte, mehr wissen wir auch nicht. Als wir zurück zu unserer Triumph gingen, klopfte mir Ludwig auf die Schulter. Siehste, sagte er.

In der folgenden Nacht haben wir unserem Hausmeister ein Begräbnis bereitet, über das er sich bestimmt nicht beklagt hätte. Wir wickelten ihn in einen alten Teppich und trugen ihn nachts zum Fluss. Am Ufer lag ein breites Gigboot, das wir am Tag dort

hingerudert hatten. Wir stopften ein paar Ufer-
steine in den Teppich. Ein Band hielt alles zusammen. Ludwig zündete eine windfeste Kerze an und
ließ etwas Wachs auf die hinterste Querstrebe tropfen. Dort stellte er die Kerze hin. Wir legten den
Teppich ins Heck und ruderten langsam zur Fluss-
mitte, bis wir genau unter der Brücke waren. Das
Licht der Kerze flackerte. Ludwig kletterte ins Heck
und versuchte, den Teppich über Bord zu wuchten,
während ich das Boot stabilisierte. Das Ganze war
eine heikle Angelegenheit, weil der Teppich mit dem
Hausmeister und den Ufersteinen ziemlich schwer
war. Mehr als einmal sah es so aus, als würden wir
alle miteinander in den Fluss fallen. Schließlich gelang es Ludwig doch, den Hausmeister ins Wasser
zu befördern, ohne dass wir mitgerissen wurden,
auch wenn das Boot arg schwankte. Lange saßen
wir still auf unseren Rollsitzen und betrachteten
das Kerzenlicht. Ich habe nicht gebetet, weil ich damals nicht wusste, wie man betet.

Ich war sehr traurig, als hätte ich jemanden be-
stattet, den ich zu Lebzeiten kannte. Und irgendwie
hatte ich unseren Hausmeister ja auch gekannt. Ich
wusste alles von seinem ersten Leben als Bauer und
alles von seinem zweiten Leben in unserem asiatischen Turm, ein glücklicheres Leben, nehme ich an,

weil es ein Hausmeister nicht so schwer hat, eine Frau zu finden, zumal in Asien, wo praktische Fertigkeiten mehr geschätzt werden als bei uns. Ich glaube, dass es richtig war, ihn im Fluss zu versenken. Er hatte sein Leben unter der Brücke beenden wollen, und nun hatte er einen dauerhaften Platz unter der Brücke gefunden. Außerdem würde er nicht allein bleiben, weil wir, seine letzten Freunde, wenn er überhaupt vorher Freunde gehabt hat, weil wir ihm jeden Tag einen Besuch abstatten konnten. Ludwig richtete es bei den Intervallen immer so ein, dass wir unter der Brücke ruhige Schläge machten. Insofern hatte unser Hausmeister ein glücklicheres Ende gefunden, als er vielleicht je zu hoffen gewagt hätte. Trotzdem blieb das Begräbnis eine traurige Angelegenheit.

Nachdem wir das Boot wieder am Ufer vertäut hatten, schlug Ludwig vor, dass wir gemeinsam auf die Brücke gehen sollten. Wir hatten das lange nicht mehr getan, und ich fand, dass es eine schöne Geste war, dorthin zu gehen, wo die Sache zwischen dem Hausmeister und uns begonnen hatte. Wir kletterten den Hügel hinauf und gingen dann hinter der Leitplanke bis zur Mitte der Brücke. Unter uns war der Fluss. Lange standen wir am Gitter, und natürlich haben wir daran gedacht, wie der Hausmeister hier oben gestanden hatte, mit welchen furchtbaren Gedanken im Kopf, einen Blick zurück auf sein bäuerliches Leben werfend, das ihm keine Hoffnung auf eine Frau machen konnte. Jeden Tag Acker und Schweine. Hätte er uns nur eher kennengelernt, hätten wir ihm von unserem düsteren, aber wunderbaren Turm in Asien erzählen können und den Aufgaben, die dort auf ihn warteten, auch diesen kleinen, leisen Frauen, wie sie gerade zu einem Bauern so hervorragend passen, ich bin sicher, dass er nicht gesprungen wäre.

Ich war sehr verdutzt, als Ludwig plötzlich das Gitter hinaufkletterte. Zu meinem Schrecken zog er ein Bein hinüber, setzte sich auf die Kante und holte das andere Bein nach. Seine Hände hielten sich rechts und links neben dem Gesäß am Gitter fest. Was machst du, fragte ich, komm da runter. Komm du herauf, sagte er, dann siehst du, was der Hausmeister zuletzt gesehen hat. Ich wollte nicht, aber ich konnte auch nicht hier unten stehen, während Ludwig da oben saß und auf mich wartete. Ich kletterte das Gitter hinauf, zog ein Bein über die Kante, dann das andere. Ich schloss die Augen, ich öffnete sie. Huh, was für ein Blick. Das Tal ohne Gitter zu sehen, den Fluss direkt unter mir, die Lichter des Städtchens, es war großartig, und gleichzeitig habe ich nie in meinem Leben so viel Angst gehabt. Ein Windhauch, dachte ich, ein Windhauch, und du fliegst, wie der Hausmeister geflogen ist. Ich wollte das nicht. Ich hatte Ludwig, ich war nicht allein. Ich hatte auch Vera. Gib mir deine linke Hand, sagte Ludwig. Ich kann doch nicht das Gitter loslassen, sagte ich. Gib sie mir, sagte er. Seine rechte Hand löste sich langsam vom Gitter. Ich schwitzte. Wir sind Zwillinge, sagte Ludwig. Ich löste meine Hand, und er ergriff sie. Wir schwankten ein wenig, dann saßen wir ruhig. Ich schwitzte noch mehr. Lös jetzt deine andere Hand, sagte Ludwig. Spinnst du, sagte ich. Lass los, schrie er, wir müssen es gemeinsam tun, ich zähl bis drei. Eins. Niemals würde ich das Gitter loslassen. Zwei. Es war kalt, plötzlich spürte ich Kälte. Der Herbst, dachte ich, jetzt kommt der Herbst. Drei. Ich löste meine Hand. Ich sah zu Ludwig hinüber, vorsichtig, nur keine Drehung des Kopfes, nicht bewegen, auf keinen Fall. Auch er hatte keine Hand mehr am Gitter. Wir halten uns gegenseitig, sagte er, wir sind Zwillinge, nur du und ich. Ich weiß nicht, wie lange wir dort saßen. Lange, glaube ich, aber in solchen Situationen kann man das nicht wissen. Lange genug jedenfalls, um meine Angst zu verlieren. Wir saßen auf der Kante und schauten in unser Tal. Da waren das Städtchen, der

Stausee mit dem Bootshaus, das Haus von Ludwigs Eltern, die Werkstatt mit unserer Triumph, der Fluss und auf dem Grund des Flusses in einem Teppich unser Hausmeister, der einmal ein Bauer war. Aber vielleicht wechselte er auch schon Glühbirnen in unserem asiatischen Turm, wer weiß das schon.

Ich muss sagen, dass ich mir langsam Sorgen machte, als Vera eine Woche lang nicht mehr in der Werkstatt gewartet hatte. Ich begann wieder, in den Unterrichtsstunden zu schnüffeln. Ich wollte den Geruch von Frauen, die Sex hatten. Ich liebe ihn immer noch wie nichts anderes. Ich verlor jede Aufmerksamkeit für Lehrer und Tafel, ich wendete meinen Kopf hierhin und dorthin, ich sog Luft ein, bis sich meine Nasenlöcher weit blähten, und ich verfluchte Seife und Wasser und Deo und Parfüm und wünschte mich in Zeiten, als Menschen noch nicht gegen ihren Geruch kämpften. Manchmal aber meinte ich etwas zu riechen, einen säuerlichen Duft, den ich mit der halben Stunde danach verband, und ich kann wahrscheinlich kaum deutlich machen, welche Euphorie dann bei mir ausbrach, diese süße Sensation, die vom Gehirn bis in die Zehenspitzen kroch, aber nur Sekunden währte, weil mich alsbald Trauer packte. Sie, dieses Mädchen, das so unscheinbar vor mir saß, hatte es gestern Nacht getan, ich nicht. Alle Welt tat es. Ich sah Vera in den Pausen, sie rauchte Zigaretten mit Flavia, ich sprach nicht mit ihr. Ich sah ihr sehnsüchtig nach, aber nur wenn ich sicher war, dass mich niemand beobachtete. Wenn sie in meiner Nähe war, presste ich die Lippen gegeneinander und saugte Luft durch die Nase, bis mir schwarz vor Augen, bis mir schwindlig wurde und Ludwig einmal meinen Arm greifen musste, damit ich nicht hinfiel. Was ist, fragte er. Nichts, sagte ich.

Und dann saß sie in der Werkstatt, auf dem Hocker, und als sie aufstand und mich küsste, konnte ich nicht warten, sondern sank auf meine Knie, schob meinen Kopf unter ihr Kleid und dann ihren Körper hinauf, zog ihre Unterhose runter und presste mein Gesicht zwischen ihre Beine. So verharrte ich lange, ihr Kleid über mir, ich spürte ihre Hand durch den Stoff auf meinem Kopf. Ich weiß nicht mehr, was ich gedacht habe, neue, fremde Gedanken, glaube ich. Wir gingen in dieser Nacht nicht hinaus, ich trug sie zur Werkbank, sie war so leicht, so leicht, ich setzte sie neben die Schraubzwinge, und sie nahm mich Zentimeter für Zentimeter, und es war sie, die pst sagte, nicht ich. Aber sie schmiss einen Topf Rost-

farbe von der Werkbank, er war offen, ein orange-
farbener Fleck breitete sich auf dem Boden aus. Ich
habe mich ein bisschen geschämt hinterher, das
gebe ich zu. Ich war so außer mir, und ist es nicht
oft so, dass wir auf die Momente, die uns besonders
glücklich machen, besonders ungern zurückblicken,
weil wir uns nicht erkennen können? Was wird dein
Vater sagen, fragte ich, und das war eine dumme
Frage, ich weiß, aber nach solchen Momenten brau-
chen wir die Dummheit, um uns zu retten. Da ich
jetzt sehr offen bin, mich entschieden habe, absolut
offen zu sein, muss ich noch ergänzen, dass es sein
kann, dass ich, als Vera dort mit immer noch geschlossenen Augen auf der Werkbank saß, dass ich
gedacht habe, das kannst du nicht kriegen von deiner fülligen Flavia, deiner dicken Flavia, musste es
inzwischen heißen, denn sie hatte zugenommen,
wenn ich das richtig sah. Es ist billig, so zu denken,
ich weiß. Am besten, ich füge gleich hinzu, dass
mich Vera einmal gefragt hat, ob mir daran gelegen
wäre, wenn sie Flavia einmal mitbringe. Warum das,
fragte ich und finde es noch heute ein bisschen är-
gerlich, dass meine Stimme so erschrocken klang.
Ich dachte, Männer träumen davon, sagte sie, und
Flavia ist ganz anders als ich, so weich, weißt du, sie
hat solche herrlichen Titten. Es war merkwürdig,

eine Frau so reden zu hören, irgendwie fand ich, dass sie kein Recht dazu hatte. Es war unsere Art, so über Frauen zu reden. Sie mag dich, sagte Vera, sie würde bestimmt mitkommen, oder wir könnten uns bei ihr treffen. Irgendwie hat sich die Sache zerschlagen, ich weiß nicht mehr, warum. Jedenfalls sagte Vera, dass sie nicht glaube, es könne ein Problem geben wegen des orangefarbenen Fleckens auf dem Werkstattboden. Es war komisch in der Werkstatt, es war komisch, danach nicht nebeneinanderzuliegen. Ich wusste nicht, was ich machen sollte, am liebsten wäre ich wohl gegangen. Schließlich setzte ich mich auf das Motorrad, an dem Ludwigs Vater sonst herumschraubte.

Warum ist euer Vater nie bei einem Rennen von uns, fragte ich, weil es so still war. Vielleicht hat er Angst, sagte Vera, die immer noch auf der Werkbank saß, die Beine übereinandergeschlagen. Sie rauchte, sie rauchte noch nicht lange, aber ziemlich viel. Angst wovor, fragte ich. Dass ihr verliert, sagte Vera. Aber warum muss er davor Angst haben, fragte ich. Vielleicht hat er selbst zu oft verloren, sagte sie. Hat er, fragte ich. Weiß nicht, sagte sie, er hat nicht immer Motorräder zusammengeschraubt, aber ich weiß nicht, was er gemacht hat, darüber wird nie gesprochen. Vera setzte sich hinter mir auf das Motorrad, schlang ihre Arme um mich. Ich merkte, dass sie fröstelte, die Nächte wurden kälter. Fahr mit mir ans wilde Meer, sagte sie. Und hätte das Motorrad, auf dem wir saßen, einen Motor gehabt, wäre ich vielleicht wirklich losgefahren. Ihr Kopf lag an meiner Schulter, und plötzlich fing sie an, leise Motorgeräusche zu machen, ein kleines Brummen, ich spürte ihre gespitzten, vibrierenden Lippen an meiner Schulter, und mir kam das etwas blöd vor, aber eigentlich auch nicht. Eigentlich war es ein schöner Moment. Was machen wir im Winter, fragte sie dann, wir können nicht im Winter unter der Brücke liegen. Ich hatte auch schon darüber nachgedacht. Mir machte das Sorgen. Ich wusste keine Lösung.

Es waren noch zehn Tage bis zum Landesentscheid, und wir hatten das Vorbereitungsrennen gegen die Potsdamer Zwillinge deutlich verloren. Ludwigs Zustand ließ sich nur noch als vollkommene Verzweiflung bezeichnen. Ich war deshalb froh, als er sagte, lass uns noch mal flippern gehen. Auch ich hatte schon begonnen, das zu vermissen, und für Ludwig war es natürlich eine wunderbare Zerstreuung. Wir gingen zum Griechen und flipperten, und dann passierte etwas, das mich total überraschte. Vielleicht könnte man auch sagen, dass ich schockiert war. Wir hatten gerade das erste Spiel beendet, zwei-, dreimal an unserem Wasser genippt, als Ludwig zur Theke ging und nicht nur Gyros bestellte, sondern Gyros mit Pommes und Zaziki, dazu Cola. Er sagte nichts, er aß in aller Ruhe, dann bestellte er ein Eis. Ich saß erst schweigend auf einem Hocker, sah ihm zu, dann flipperte ich alleine weiter und holte ein Freispiel. Ludwig war sehr zufrieden, als er fertig war. Wir gingen, und er kaufte noch zwei Schokoriegel, die er auf dem Weg zum Bootshaus aß. Am Abend fragte er seinen Vater, ob er noch einmal die Pfannkuchen machen könne, die er früher immer gemacht hat. Der Vater machte Pfannkuchen. Wir saßen zu dritt am Tisch wie damals und aßen. Ich hörte nach dem ersten auf, Vera nach dem zweiten. Ludwig aß weiter. Vera sah mich an, sah Ludwig an. Niemand sagte etwas, der Vater briet Pfannkuchen, ließ den Berg wachsen, und Ludwig aß. Ich glaube, dass er fünf Stück gegessen hat, vielleicht sechs.

Was hat er, fragte Vera, als wir später am Waldrand lagen. Wir hatten zwei Decken dabei, auf der einen lagen wir, die andere lag über uns. Es war trotzdem zu kalt. Ich fühlte mich ohnehin nicht mehr wohl unter der Brücke, seitdem der Bauer gesprungen war. Ich musste ständig daran denken, dass gleich noch einer springt und dann neben uns liegt. Ich hatte keine Angst vor Toten mehr, aber das hier war nicht die Situation, einen Toten zu empfangen. Zudem war es offenbar nicht ganz ungefährlich, hier zu liegen. Wer hat schon eine Ahnung davon, was passiert, wenn jemand aus fünfzig Metern auf einen draufspringt? Ich weiß auch nicht, sagte ich auf Veras Frage, heute Mittag hat er plötzlich angefangen zu essen. Ich dachte, ihr müsstet dünn bleiben, sagte sie, aber soll er mal essen, vielleicht ist er dann nicht immer so krampfig. Ich mochte es nicht, wenn sie so über Ludwig sprach. Er hat die ganze Zeit gehungert, sagte ich, es ist sein gutes Recht, dass er auch einmal ordentlich isst. Ich war verstimmt und ging bald. Auf der Rückfahrt hat mich der Gedanke sehr beschäftigt, was nun wird aus dem letzten Rennen. Es waren noch zehn Tage bis dahin, und wenn Ludwig so weiter aß, würde er das Gewichtslimit nicht schaffen. Fünfundsechzig Kilo durfte er maximal wiegen, also durfte er in zehn Tagen höchstens zweieinhalb Kilo zunehmen. Es konnte gerade so hinhauen. Allerdings musste ich dann genauso viel abnehmen, durfte höchstens sechzig Kilo wiegen, damit wir auf einen Schnitt von zweiundsechzig Komma fünf kamen.

Am nächsten Morgen verzichtete ich auf das Frühstück. Meine Mutter fragte viel, und fast hatte ich den Eindruck, sie würde gleich weinen. Mütter und Essen, das bleibt wahrscheinlich bis zum Lebensende ein schwieriges Thema. Das Erste, was ich an diesem Tag aß, war mittags ein Krautsalat beim Griechen. Er schmeckte gut, mit Kümmel, ich trank ein Wasser dazu. Ludwig aß Moussaka und Zaziki, er trank Cola. Wir sagten kein Wort, ich sah ihn nicht an. Ich habe zehn Tage lang gehungert. Ich habe Krautsalat gegessen, Knäckebrot und Äpfel. Mein Magen war eine leere Höhle, in der jemand an den Wänden kratzte. Es tat weh, mir war oft schlecht. Nach dem Training musste mir Ludwig manchmal helfen, aus dem Boot zu steigen. Ich wurde schnell ungeduldig, wenn sich das Kabel nicht gleich an das Tachometer unserer Triumph anschließen ließ. Ludwig saß dabei und aß Bienenstich. Abends briet der Vater Pfannkuchen. Ludwig sah glücklich aus. Vera aß manchmal drei Stück oder auch vier, damit Ludwig auf jeden Fall fünf aß. Sie sah ebenfalls glücklich aus. Ich hasste sie, ich hasste den Vater. Ich trank Wasser und aß Knäckebrot, auf das ich Apfelstücke gelegt hatte. Sobald Ludwig schlief, fuhr ich sofort nach Hause, auch wenn in der Werkstatt Licht brannte.

Am Abend vor der Regatta hatte ich sechzig Komma vier Kilo. Ich zog zwei Trainingsanzüge an und rannte sieben Kilometer den Fluss entlang. Danach nahm ich ein heißes Bad. Meine Mutter weckte mich nach zwei Stunden. Ich war eingeschlafen, fühlte mich kalt, fiebrig. Ich schlief kaum.

Als ich am nächsten Morgen im Bootshaus auf der offiziellen Waage stand, zeigte das Zünglein sechzig Kilo. Es war eine schwere, alte Arztwaage. Ludwig stellte sich nach mir drauf, und sofort kippte die Waage nach links. Mit einem Kläcken blieb sie liegen. Der Kampfrichter schob das Ausgleichgewicht ein Stück nach rechts, die Waage blieb liegen. Er schob ein bisschen mehr, langsam kam sie hoch. Bei fünfundsechzig Kilo blieb sie liegen, vielleicht war es eine Idee mehr. Aber wir waren für das Rennen zugelassen.

Vielleicht zählen die zehn Tage davor nicht zu unseren glücklichsten Zeiten, wir haben so gut wie nicht geredet, wir bewegten uns langsamer als sonst, aus Schwäche oder wegen Völlegefühl, aber sie sind mir trotzdem in guter, in bester Erinnerung. Zwar entwickelten wir uns in verschiedene Richtungen, doch selbst das taten wir im Gleichschritt, sodass es am Ende genau passte. Was Ludwig zunahm, nahm ich ab. Dies, glaube ich, kann man nur eine höhere, eine höchste Stufe von Freundschaft nennen.

Über das Rennen will ich nicht viele Worte verlieren. Wenn man bedenkt, in welcher körperlichen Verfassung wir waren, haben wir uns nicht schlecht geschlagen. Wir führten lange, und erst kurz vor dem Ziel haben uns die Potsdamer Zwillinge abgefangen. Es war so knapp, dass die Zielrichter lange beraten mussten. Ich nahm Ludwig in den Arm, als wir ausgestiegen waren. Wir taten das nicht oft, eigentlich nie. Aber ich war glücklich, ein schwieriger Sommer lag hinter uns, und alles in allem waren wir ganz gut durchgekommen. Uns waren die wenigen Umarmungen, die wir hatten, nicht gelungen, nach Siegen oder wenn einer von uns Geburtstag hatte. Sei es, dass wir beide die Köpfe zur selben Seite legten und dann fast mit den Nasen anstießen, sei es, dass sich unsere Hände und Arme auf dem Weg zum Rücken des anderen begegneten und verhedderten, irgendwie konnten wir das nicht. Aber diese Umarmung geriet uns richtig gut. Wir fanden problemlos zusammen, und dann standen wir aneinandergeschmiegt eine Weile auf dem Bootssteg. Ja, aneinandergeschmiegt, warum soll man das nicht mal so ausdrücken. Ich hatte das Gefühl, dass sich Ludwig richtig festhielt, dass er es war, der die Länge unserer Umarmung bestimmte. Sie dauerte eine ganze Weile. Ich würde sagen, es war eine richtig große Umarmung, so wie man sie in den Filmen sieht, wenn einer auf ein Dampfschiff steigt und ein anderer bleibt zurück.

Wir standen lange unter der Dusche. Ich hatte die Hände vor der Brust zu einer Schale geformt, dort fing ich das Wasser auf, von dort ließ ich es über meinen Bauch laufen oder warf es mir über den Rücken. Ludwig saß mir gegenüber im Schneidersitz, hatte den Kopf gesenkt, der Strahl traf ihn im Nacken. Wir sagten nichts. Ich merkte kaum, wenn andere in die Dusche kamen, lärmend die Sieger, gedrückt die Verlierer.

Ludwig wollte nicht, dass ich mit ihm nach Hause fahre. Er müsse noch für die Führerscheinprüfung lernen, sagte er. Ich ging zum Imbissstand und aß zwei Currywürste. Ich trank ein Bier, von dem ich ein bisschen betrunken wurde. Mein Vater, seine neue Frau und meine Mutter standen bei mir und redeten erst über das Rennen und dann über das Kaufhaus. Es ist so rührend, wenn Eltern aus den Niederlagen ihrer Kinder kleine Siege machen. Ich ging bald.

Am Abend sah ich fern mit meiner Mutter, was ich lange nicht mehr getan hatte. Wir sahen Tatort, dabei aßen wir einen Eintopf, den sie gekocht hatte. Mein dritter Teller machte sie sehr glücklich. Ich ging früh zu Bett, und dann konnte ich nicht schlafen. Ich musste an Ludwig denken, ich machte mir Sorgen. Er hatte sich diesen Sieg so sehnlich gewünscht, und jetzt hatten wir verloren. Er nahm sich solche Dinge sehr zu Herzen. Ich stellte mir vor, wie er jetzt in seinem Bett lag, die Autos von der Brücke hörte und grübelte. Er konnte endlos grübeln, er fing mit etwas Kleinem an, und dann grübelte er es sich ganz, ganz groß, bis es ihn überwältigte. Ich glaube, dass ich dann eingeschlafen bin, aber schon kurz darauf wurde ich wieder wach, weil ich irgendwas Komisches geträumt habe. Ich stand auf und zog mich an. Ich schlich nach draußen, holte mein Fahrrad aus dem Keller und fuhr los. Wahrscheinlich bin ich die Strecke von mir bis zu Ludwig noch nie so schnell gefahren wie in dieser Nacht. Ich sah kaum auf den Weg, ich sah hoch zur Brücke, ob ich dort etwas erkennen konnte. Es war eine dunkle Nacht, ich sah nichts. Ich raste bis zum Haus von Ludwigs Eltern und ging in den Garten. Alles war dunkel. Ich konnte nicht ins Haus, die Tür war versperrt. Ich guckte, ob ich ein Bündel sah, ein Bündel, so wie der Bauer eins gewesen war. Da war nichts. Ich entschloss mich, zur Brücke hochzugehen. Bitte, dachte ich, bitte, bitte spring nicht. Es war die schlimmste Vorstellung, die ich mir jemals gemacht habe, ich gehe durch den Garten, und ein Mensch schlägt neben mir auf, und das ist Ludwig. Das war hysterisch, wie ich heute weiß, wie ich damals natürlich auch hätte wissen können, aber manchmal ist man halt so. Die Frage ist ja ohnehin, ob nicht am Ende Hysterie einer unserer besseren Zustände ist. Man zeigt ungeschützt, ungebremst, dass man sich berühren lässt, dass einem die Dinge nicht egal sind, das wirkt oft albern, gebe ich zu, doch eigentlich ist der Hysteriker der Mensch in seiner ehrlichsten Ausprägung.

Niemand war auf der Brücke. Ich war sehr erleichtert und ging trotzdem bis zur Mitte. Es war eine kühle Nacht, und es begann leicht zu regnen, der erste Regen seit ein paar Wochen. Als ich zurückgehen wollte, erschrak ich, weil ich sah, dass mir jemand entgegenkam. Aber es war nicht Ludwig, es war Vera. Was machst du hier, fragte ich sie. Dich retten, sagte sie. Das versetzte mir einen kleinen Stich, weil ich, als wir aufeinander zugingen, natürlich darüber nachgedacht habe, wie ich ihr einen Sprung von der Brücke ausreden könnte. Ich hatte dreimal das Licht in der Werkstatt missachtet, das konnte doch kein Grund sein. Aber dann so unverblümt gezeigt zu bekommen, dass dies tatsächlich kein Grund ist, lässt einen im ersten Moment doch zurückprallen. Natürlich will niemand, dass ein Mensch seinetwegen Selbstmord begeht, andererseits gibt es keinen größeren Beweis der Liebe, denn auch unglückliche Liebe bleibt Liebe und ist oft die größere Liebe als die glückliche. Ich habe später häufig in meiner Umgebung Menschen gesehen, die andere unglücklich machten, um an Liebesbeweise zu kommen. Es ist ein schwieriges Thema, schade, dass ich nicht mehr mit Ludwig darüber reden kann.

Vera sagte, dass sie mich gesehen habe, als ich im Garten stand, und mir nachgegangen sei. Ludwig liege im Bett, sagte sie, es tue ihr leid, dass wir verloren haben. Wir gingen Arm in Arm zum Ende der Brücke, und dann hielt ich ihre Hand, als wir den Hang hinunterstiegen. Ich schlief nicht mit ihr. Es war zu kalt, zu nass für die Wiese, und ohnehin war es nicht der richtige Tag. An der Art, wie sie mich unter dem Dach, wo die Motorräder standen, umarmte, merkte ich, dass sie mich vermisst hatte, und ich merkte auch, dass ich sie vermisst hatte. Ich sagte ihr, dass ich mit meiner Mutter reden würde und die sicher nichts dagegen habe, wenn Vera manchmal bei mir übernachtete. Ich war nicht sicher, ob das stimmte, aber was sollte meine Mutter schon machen. Ich sagte auch, dass ich mit Ludwig reden würde.

5

Am nächsten Morgen war ich sehr aufgeregt. Ludwig war nicht in der Schule, sondern bei der Fahrprüfung, Auto und Motorrad. Für uns war die Führerscheinprüfung die Prüfung, vor der wir die meiste Angst hatten, mehr Angst als vor dem Abitur und allen Tests oder Examina, die noch kommen würden. Scheitern war immer unangenehm, Scheitern bei der Fahrprüfung war unmöglich, war eine Zeit lang das Peinlichste, was wir uns vorstellen konnten, und wir konnten uns in diesem Alter eine Menge Peinlichkeiten vorstellen. Auto fahren, Motorrad fahren musste man einfach können.

Am Morgen hatte ich mit meiner Mutter beim Frühstück geredet. Ich sagte ihr, dass mich demnächst ein Mädchen besuchen würde. Sie fand das eine schöne Idee und sagte, sie habe sich schon lange gewundert, warum ich nie ein Mädchen mit nach Hause gebracht habe, ich sei doch bald achtzehn. Ich ließ mir zwei Spiegeleier braten, dazu gab es Toast und Müsli mit Joghurt. Sie wird über Nacht bleiben, sagte ich. Meine Mutter, die zum Frühstück nur Kaffee trank, sah mich traurig an, und ich wusste plötzlich, wie sie meinen Vater angesehen hatte, als er sagte, dass er ausziehen würde. Sie sagte nichts, und ich wusste, dass sie auch damals nichts gesagt hatte. Ich nahm die Zeitung und las den Sportteil, ich sah meine Mutter nicht mehr, aber ich wusste, welches Gesicht sie machte. Es war, als brenne es sich durch die Zeitung. Sie hatte so kleine Bewegungen, mit denen sie ihre Kaffeetasse zum Mund hob. Dann hielt sie die Tasse lange an den Lippen und sah über den Rand hinweg ins Nichts.

Ich ließ die letzte Schulstunde aus und fuhr mit dem Rad zu Ludwig. Er war bei unserer Triumph und putzte den Tank. Ludwigs Vater lächelte, als ich durch die Tür stürmte. Da wusste ich, dass Ludwig bestanden hatte, und ich ärgerte mich fast, weil ich es ja von ihm hören wollte. Und?, rief ich. Kein Problem, sagte er. Ich zog ihn hoch und umarmte ihn, aber es war eine dieser Umarmungen, die uns nicht gelangen. Wir trennten uns schnell, jeder sah in eine andere Richtung. Aber, wie gesagt, das hieß nichts, wir konnten das einfach nicht, ich freute mich sehr für Ludwig. Ich ließ mir den Führerschein zeigen, ließ mir alles genau erzählen. Er erzählte knapp. Wollen wir dann, fragte er. Klar, sagte ich.

Die Triumph sprang auf den ersten Tritt an. Es war keine Überraschung, sie zu hören, wir hatten den Motor oft laufen lassen, als wir Vergaser und Zündung einstellten. Aber es war etwas anderes, sie zu hören und zu wissen, dass sie gleich fahren würde, mit Ludwig und mir fahren würde. Ihr Blubbern war wie ein Lied, das wir für uns komponiert hatten, nur für uns. Sie war schön, das schönste Motorrad der Welt. Ein tropfenförmiger Tank, eine flache Sitzbank, der Tachometer in den lang gezogenen Scheinwerfer versenkt, der Einzylinder leicht nach vorne geneigt, das alles in Schwarz, Chrom und Hellrot.

Ich half Ludwig, seinen Helm zu schließen, dann fuhren wir los. Es war bis zu seinem Ende ein wunderbarer Ausflug, ich kann das nicht anders sagen. Es war Spätsommer, dem Kalender nach schon Herbst, aber es war noch das Abendlicht des Sommers, verlegt auf den Mittag, ein freundliches, warmes, klares Licht, und ich saß auf unserer Triumph T 20 Tiger Cub mit meinem Freund Ludwig, der mein Bruder geworden war, und wir fuhren durch hügeliges Land, vorbei an graugrünen Wiesen und stoppeligen Äckern, dazwischen weiße Häuser mit schwarzem Fachwerk, das Laub der Bäume grün und gelb und braun. Kleine Straßen ohne Mittelstreifen, ich weiß noch wie heute, was für ein Gefühl das war auf diesem Motorrad, ich fühle noch jede Bewegung, und fast ist mir, als würde ich schwanken, so wie wir durch die Kurven geschwankt sind. Ich höre den Motor, fühle den Drang nach vorne, zweiter, dritter, vierter Gang, ein kleines Zucken, wenn die Gänge einrasteten, als würde sich die Triumph strecken, sie röhrte und verschlang Straße, Landschaft, vierter, dritter, zweiter Gang, die Bremse packte zu, der Motor drosselte, ein empörtes, heiseres Schnappen nach Luft, wir rutschten vor auf der Bank, das Motorrad schien für einen Moment kürzer zu werden, wir fielen in die Kurve, was für ein wunderbares Gefühl im Bauch. Ich habe es seither nie mehr erlebt, aber fühlen kann ich es noch. Wir kamen durch Dörfer, in denen man uns nachsah, nachlauschte. Ich wusste nicht, wo Ludwig hinwollte, er schien kein Ziel zu haben, entschied bei jeder Abzweigung neu, welchen Weg wir nehmen würden. Einmal hielten wir an, tranken Kaffee in einem Garten und betrachteten unser Motorrad. Ich wollte ihm von Vera erzählen, blieb aber still. Man kann nicht in allen Momenten alles sagen. Er klopfte mir auf die Schulter, bevor er wieder aufstieg, ich glaube, ich weiß, was er meinte. Es wurde kühl, ich fröstelte ein bisschen, aber ich wollte weiterfahren, immer weiterfahren.

Ich habe die Kreuzung später häufig aufgesucht, mit dem Auto, ich habe schließlich doch noch den Führerschein gemacht. Ich parkte auf einem Feldweg, überlegte, ob ich aussteigen sollte, und stieg aus, jedes Mal bin ich ausgestiegen. Eine Straße ohne Mittelstreifen, sie schlängelt sich einen Hügel hinab, ich schwanke, wenn ich daran denke, rechts, links, rechts, und dann eine Gerade, vielleicht einen halben Kilometer bis zur Kreuzung, Kilometersteine, die Leitpfosten eng gestellt wie kleine Soldaten bei einer Parade, drei Bäume, einer links, zwei rechts, Bäume, die ich im Winter gesehen habe, im Frühling, im Sommer und im Herbst, und am schönsten waren sie in jenem kalten Winter vor ein paar Jahren, als sie vereist waren, als sie im Sonnenlicht glitzerten, drei Bäume hinter Glas. Ansonsten ist natürlich der Herbst die Jahreszeit der Bäume, diese drei werden gelbrot, ich weiß nicht, wie sie heißen. Die Sicht haben sie nicht versperrt, hat die Polizei gesagt.

Ich bringe keinen Kranz mehr mit, wenn ich herkomme. Das heißt nichts, meine Trauer hat nicht nachgelassen, wird nie nachlassen. Irgendwann hörte einfach die Zeit der Kränze auf, vielleicht weil ich dachte, dass die Kreuzung eine neue Chance bekommen muss, dass sie nicht ewig als Todeskreuzung hergezeigt werden kann.

Ich bin übrigens unverheiratet, auch sonst ungebunden. Ich muss sagen, dass ich mich ein bisschen schwertue mit Beziehungen. Nicht dass ich keinen Erfolg habe bei Frauen, eher im Gegenteil, wo sonst träfe man auf mehr junge Frauen als in einem Kaufhaus, und ich kann behaupten, dass ich auch bei jenen etwas seltsam steifen, aber doch wunderschönen Wesen aus der Parfümabteilung meine Erfolge habe, worum mich viele Kollegen beneiden. Dabei ist die Lebensmittelabteilung eigentlich im Nachteil, es gelingt uns nicht immer, unsere Kittel sauber zu halten. Seltsam, dass gerade Essen so viel mit Schmutz zu tun hat. Nun, ich kann nicht klagen, die Kolleginnen mögen mich, und niemand sieht mein Hinken. Ich habe gelernt, so zu laufen, dass es ganz normal aussieht, nur ich bemerke, dass ich hinke, weil ich einige kleinere Verrenkungen machen muss, um meine verbogenen

Knochen in die richtige Bahn zu zwingen. Ich habe mich daran gewöhnt. Nach ein paar Wochen ist es meistens aus mit meinen Frauen, ich weiß auch nicht, warum. Was soll's, es geht mir gut. Natürlich vermisse ich Ludwig, aber man darf nicht denken, dass ich deshalb dauernd niedergeschlagen wäre. Trauer ist ja auch eine Form von Gesellschaft, ich bin nie allein. Nicht dass ich mit Ludwig reden würde oder so etwas, daran glaube ich nicht. Ich denke einfach oft, was er jetzt wohl gedacht, getan, gesagt hätte. Ich kann ganz schön heiter sein in diesen Zuständen. In jüngster Zeit muss ich oft schmunzeln, wenn ich vom Klonen lese. Ich habe meine Zweifel, ob die Biowissenschaftler es je so gut hinkriegen werden, einen Menschen einem anderen so sehr anzugleichen, wie Ludwig und ich uns angeglichen haben.

Die Geschichte, die mir nicht aus dem Kopf geht, ist die mit dem Helm. Ich war ja bei Bewusstsein, als ich auf die Straße geschlagen bin, ich hatte keine Schmerzen, auch nicht im linken Bein, und ich sah alles, was um mich herum vorging. Zunächst aber habe ich nur eins gesehen, und das war der Helm. Er kam in mein Sichtfeld geflogen, landete auf dem Asphalt, hob noch einmal ab, flog ein kurzes Stück, landete wieder und kullerte dann die leicht abschüssige Straße hinunter, ein roter Helm. Er prallte gegen einen Leitpfosten, schlug zurück auf die Straße und kreiselte auf der Stelle. Ein Auto bremste und hielt knapp vor dem Helm. Ich sah ihn kreiseln. Mir kommt das heute vor, als hätte ich stundenlang dort gelegen und den kreiselnden Helm betrachtet. Wieso, dachte ich, kreiselt dort dieser Helm, das ist doch Ludwigs Helm, rot mit einem weißen Streifen, den hat er doch eben noch auf dem Kopf gehabt, ich hab's gesehen, er saß ja vor mir. Und wo ist sein Kopf, dachte ich, ist der Kopf etwa noch in dem Helm, kreiselt da vorne Ludwigs Kopf? Später hat man mir gesagt, dass ich geweint habe. Es war mir nicht peinlich. Leute waren bei mir, ein Blaulicht zuckte über meine Augen. Als ich weggetragen wurde, sah ich Ludwig auf der Straße liegen, der Kopf war dran.

Der Helm und der Gedanke, dass Ludwigs Kopf in dem Helm stecken könnte, das war das Schlimmste, was mir von unserem Unfall in Erinnerung geblieben ist. Von dem Aufprall habe ich nichts mitbekommen. Als wir auf die Kreuzung zufuhren, sah ich den Laster von links nahen. Ich schaute dann aber nach rechts, weil dort irgendwas war, ich weiß nicht mehr, was. Ich denke oft darüber nach, was meinen

Blick auf sich gezogen hat, aber es fällt mir nicht ein. Wenn ich an der Kreuzung stehe, denke ich, jetzt muss es dir doch einfallen, aber da kommt nichts. Die Kreuzung liegt sehr schön, die Hügel, die Bäume, etwas weiter hinten sieht man einen Bauernhof, weiß verputzt, schwarzes Fachwerk, hübsch, sehr hübsch. Und nette Leute, ich rede manchmal mit ihnen, wenn ich hier bin, Gespräche über das Wetter, die Milcherträge. Es sind solche kleinen Begegnungen, an denen ich mich in letzter Zeit sehr erfreuen kann.

Man sollte eine Bank aufstellen, hier würden bestimmt viele gerne Rast machen.

Vielleicht habe ich einen Heißluftballon gesehen, weil dies eine Gegend ist für Heißluftballons. Vielleicht tauchte er plötzlich hinter den Bäumen auf, ein großer Ballon, an dem ein Korb mit Menschen dranhängt. Ich sehe hier oft welche. Schön, wie sie so träge dahingleiten. Die Menschen in den Körben haben es gerne, wenn man winkt. Ich enttäusche sie nicht. Ich war überrascht, als Ludwig nicht bremste, weil ich für mich abgespeichert hatte, dass wir an der Kreuzung halten würden.

Der Laster war zu nahe und hatte Vorfahrt. Vielleicht hat Ludwig auch den Ballon gesehen und war abgelenkt, eine schöne, eine tröstende Vorstellung, dass ein Ballon das Letzte war, was er in seinem Leben gesehen hat. Oder er hat sich verschätzt. Er hatte kaum Erfahrung.

6

Morgen kommt Vera. Ich habe sie seit Jahren nicht mehr gesehen. Ich freue mich, obwohl es sicher nicht ganz einfach wird bei allem, was vorgefallen ist. Nach Ludwigs Tod waren wir zwei Jahre zusammen, schöne, schwierige Jahre. Sie lebt jetzt in Amerika. Am Telefon sagte sie, dass sie etwas mit Computern mache und ein Kind habe. Ich freue mich für sie, das tue ich wirklich.

Ich bin längst über alles hinweg und wünsche mir keine Fortsetzung, aber manchmal rätsele ich darüber, ob unsere Trennung wirklich unvermeidlich war. Eigentlich war es ein ganz blöder Anlass. Wir sahen zusammen die Nachrichten und hörten von einem schlimmen Unfall, der sich ereignet hatte, weil die Bremsen eines Lastwagens versagt hatten, vier Tote, sechs Schwerverletzte. Irgendwie fiel mir ein, was Ludwig damals gesagt hatte, als er den Bremshebel der Triumph schmirgelte, wie seltsam es ist, dass ein Leben davon abhängen kann, ob man einen schmalen Griff rechtzeitig zieht oder nicht. Ich erzählte Vera davon. Als die Nachrichten vorüber waren, begann sie plötzlich, komische Fragen zu stellen. Wann genau Ludwig das gesagt habe und ob wir da schon miteinander geschlafen hätten und so weiter. Ich verstand nicht, was das sollte, gab ihr aber die gewünschten Auskünfte.

Er hat es mit Absicht gemacht, sagte sie später, als ich mir die Zähne putzte und sie auf der Toilette saß. Was, fragte ich. Den Unfall, sagte sie, er hat das Motorrad nur gebaut, um sich und dich für immer zusammenzuschweißen. Um euch endgültig zu vereinen. Und um sich unsertwegen zu rächen.

Ich kann gar nicht sagen, wie überrascht und entsetzt ich war. Es folgte ein unangenehmes Gespräch, auf das ich hier nicht näher eingehen will. Nur so viel: Du bist doch nur eifersüchtig auf das, was zwischen Ludwig und mir war, habe ich zu Vera gesagt. Wahrscheinlich habe ich geschrien. Ich kann es bis heute nicht leiden, wenn jemand unfaire Dinge über Ludwig sagt. Meinen Vater zum Beispiel habe ich erst kürzlich streng zurechtgewiesen, weil er, ich weiß nicht, warum, auf einmal anmerken musste, Ludwig sei ja doch ein ziemlich verschlossener Bursche gewesen. Na ja, bei deinen ewigen Schnellkochtopfgeschichten konnte er ja gar nicht zu Wort kommen, habe ich unter anderem gesagt. Mein Vater war dann still.

Mit Vera habe ich mich bald wieder vertragen, aber ich glaube, dass ich ihr diese Verdächtigungen gegen Ludwig nie richtig verzeihen konnte. Jedenfalls schafften wir es nicht mehr, so richtig schöne Tage miteinander zu haben. Ein halbes Jahr nach jenem Abend entschied sie sich, ihr Studium in den Vereinigten Staaten fortzusetzen. Ich ging nicht mit. Wir haben uns ein paarmal geschrieben, dann verlor sich der Kontakt, bis sie vor zwei Wochen anrief, um ihren Besuch anzukündigen. Ich freue mich sehr.

Neuerdings gibt es ein Café am Fluss, River Café heißt es. Ich denke, dass ich dort mit ihr hingehen werde. Wenn das Wetter schön ist, könnten wir sogar eine Runde schwimmen. Seit vorigem Jahr soll das wieder möglich sein.